★별★별 책쓰기

★별★별 책쓰기

초판 1쇄 인쇄_2019년 10월 15일 | **초판 1쇄 발행**_2019년 10월 20일
지은이_이수진 · 최유진 · 황성경
펴낸이_진성옥 외 1인 | **펴낸곳**_꿈과희망
디자인 · 편집_꿈과희망 편집부
주소_서울시 용산구 한강대로 76길 11-12 5층 501호
전화_02)2681-2832 | **팩스**_02)943-0935 | **출판등록**_제 2016-000036호
e-mail_jinsungok@empal.com
ISBN_979-11-6186-055-8 03810
※ 책 값은 뒤표지에 있습니다.
※ 새론북스는 도서출판 꿈과희망의 계열사입니다.

2019 대구광역시교육청 책쓰기 프로젝트

삶을 반짝이게 만드는 책쓰기

★별★별 책쓰기

이수진 · 최유진 · 황성경 지음

꿈과희망

★별 하나 … **이수진**

시로 통하는 새롭고 멋진 세상

★별 둘 … 최유진

내 꿈을 찾는 진로동화

3장_ 더 아름다운 책으로 완성하기

★별 셋 … **황성경**

음악과 함께하는 꿈동화

★별 하나

시
로

통하는

새
롭
고

멋진

세
상

시로 통하는 새롭고 멋진 세상

이수진

어린 시절 경험을 바탕으로 순수한 동심의 눈으로 학생들의 마음을 읽는 교사

교사들에게 깊은 울림이 있는 글, 학생들에게 따뜻함이 있는 글을 쓰고자 한다.

대학원에서 아동문학교육을 전공하였으며 시쓰기에 관심이 많다.

현재 대구명덕초 1학년을 맡아 글쓰기의 기초를 지도하며 무엇이든 할 수 있는 동심을 간직한 학생들로 자라기를 바라는 소박한 교사다.

이수진은

시골에서 나서 자란 나에게 책은 가까이 할 수 없었던 존재였다. 우리 집에 교과서나 참고서를 제외하고는 시집이나 동화책이 있긴 있었을까? 가물가물하다. 성인이 되어 책 소장 욕심이 생겨서 읽고 싶은 책은 서점에 가서 꼭 구입한다. 그리고 책장에 차례로 정리하여 꽂아 둔다. 제일 좋아하는 책은 '빨강머리 앤'이다. 실수투성이에 수다쟁이 소녀 앤은 꼭 시골에서 뛰놀던 이수진같다. 아직도 슬퍼지고 위로가 필요할 때는 앤에게서 무한 긍정 에너지를 받는다. 교사로서 행복하기도 하지만 힘들 때도 지칠 때도 외로울 때도 있다. 그런 나에게 앤은 좋은 친구다.

세상은 생각대로 되지 않는다. 하지만 생각대로 되지 않았던 일이 더 많았어요. 그 때는 속상하기도 하고 눈물도 났지만 지금은 그것조차도 행복했던 추억으로 남네요.

이처럼 책 친구 앤은 늘 내 귀에 대고 속삭인다. 내가 가르치는 학생들도 좋은 친구를 가졌으면 한다. 새 학년이 되어 학생들을 만날 때마다 잊지 않고 "책 친구를 만들자"라고 말한다.

삶 자체가 한 편의 이야기이다. 그 자체가 감동을 준다.

책쓰기를 통해 자기의 이야기를 쓰고 친구의 이야기를 읽으며, 삶을 되돌아본다. 그 속에서 내가 몰랐던 나, 미처 알지 못했던 너를 찾게 된다. 자신과 함께 하는 사람들을 이해하고 서로에 대한 믿음을 바탕으로 사랑할 수 있게 된다. 시를 통해 서로를 공감할 수 있는 세상을 만들기 위해 지금까지 교직생활을 하면서 '시쓰기'에 대해 고민한 자료를 정리해 보았다.

1999년부터 2019년 현재까지 나와 인연을 맺은 모든 선배, 동료 선생님 그리고 제자들에게 감사의 마음을 전한다.

–하늘과 바람과 별을 바라보며 詩를 쓰는

이수진

1장
무엇을 쓸까?

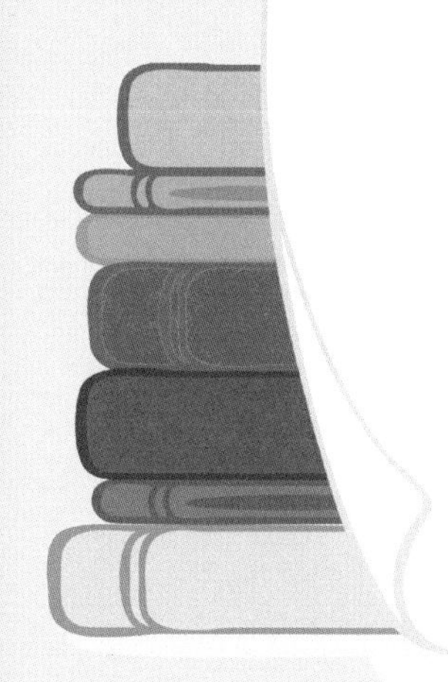

1. 사물에게 말을 걸어라

1. 자물쇠를 잠그거나 여는 데 사용하는 물건.
2. 어떤 일을 해결하는 데 필요한 가장 중요한 방법이나
   요소를 비유적으로 이르는 말.

열쇠

신현득

힘이나
꾀로는
안 되는 일을 해내는
죄그만 놈이 있지

열쇠를 보라구
자물쇠를 배 속을
빽 잡아 틀면
찰칵 문이 열리지

내 손 안
요 쬐그만 놈이 말야

작다고
업신여기지 마

작지만
큰 놈이야

우리 가까이에 있는 모든 사물은 시의 좋은 소재가 된다. 집, 학교, 공원, 길거리에 있는 모든 것을 사랑스러운 눈으로 바라보면 시를 쓸 수 있다.

돋보기, 프라이팬, 수첩, 장갑, 엘리베이터, 시계, 의자,

책상, 안경, 삼푸, 옷, 방석…….

열쇠는 교실 문, 사물함 문을 열 때 사용한다. 단순히 사전적인 의미로만 사물을 보는 것이 아니라 다른 눈으로 한 번 바라 보면 어떨까?

'힘으로 열 수 없는 단단한 자물쇠를 조그만 열쇠가 어떻게 저렇게 열지? 대단해.'

교실에서 수업을 하다 보면 자리에 앉아서 지우개를 자로 누르거나 칼로 잘게 자르는 학생이 가끔 있다. 당장 가서 그만 하라고 하고 싶다. 그 순간, 학생도 나도 기분 좋게 그 상황을 넘길 수 있는 것이 시인의 마음으로 이야기 하는 것이다.

"지우개가 어디 아프니?"
"수술은 잘 되고 있어?"

수학시간이다. 문제를 풀다 잘 풀리지 않는지 자꾸 연필로 썼다 지웠다를 반복하고 있다. 책상 위에는 지우개 가루가 가득하다.

"문제가 잘 안 풀리는구나!"
"지우개도 함께 함께 한숨을 푹푹 쉬고 있네."
"힘들어서 땀도 삐질삐질 나네."

지우개는 '글씨나 그림 따위를 지우는 물건'이지만 함께 하는 친구가 될 수 있다. 장난꾸러기 짝꿍이 자르고 뚫어 놓은 지우개를 보며 아파하기도 하고 같이 힘들어 땀도 흘리고 한숨도 쉬는 우정을 나누는 친구다.

추운 겨울, 찬 바람이 교실에 들어오는 것을 막기 위해 문을 꼭꼭 닫고 지낸다. 교실 앞, 뒷문에 필수로 붙여져 있는 문구!

"문을 꼭 닫고 다닙시다."

문이 열려 있을 때면, 문 근처에 있는 학생들의 잔뜩 짜증난 소리가 들려온다.

"문 좀 닫고 다녀! 춥단 말이야."

우리가 시인의 마음으로 서로에게 말을 한다면 이 상황도 부드럽게 넘길 수 있다.

"문과 바람이 쥐와 고양이 놀이를 하고 있는데, 우리가 바람이 못 들어오게 문을 꼭 닫아 줘야지."

1학년 학생들은 정말 그 놀이에 함께 하는 것처럼 문을 잘 닫고 다닌다. 이 이야기를 하면 6학년 학생들은 어이없어서 웃을 때도 있다. 하지만 문을 꼭 닫고 다니는 행동의 변화를 느낄 수 있다. 마치, 마법처럼.

학생들과 함께 생활하다 보면 의도적으로 동심을 찾으려고 노력할 필요가 없다.

2. 자연은 쓸거리 보따리

은행잎이 노랗게 쌓여 있는
운동장 한 구석
나도 모르게 향하는 발걸음

세상을 더 노랗게 물들이지 못한 아쉬운 맘에

가을 끄트머리를
꼭 잡고 있다.

–이수진, 2015년 11월 학교 운동장에서

자연은 쓸거리 보따리다.

아침 출근길에 음악회를 열어 주는 나팔꽃
세상을 온통 흰색으로 칠해 버릴 수 있는 눈
바람에 이리 뒹굴 저리 뒹굴 굴러다니며 놀고 있는 낙엽
차디찬 겨울 바람에도 당당하게 서 있는 앙상한 겨울나무
못 생긴 모과를 달고 있지만 장미 못지않은 아름다운 꽃을 피우는 모과나무

그냥 꽃, 나무, 날씨가 아니라 자신만이 보고, 듣고, 느끼는 자연이면 좋겠다.

2층 3학년 1반 교실, 그곳은 자연의 변화를 쉽게 알아차릴 수 있었다. 연노란 빛의 연약한 잎에서 짙은 녹색의 질긴 잎으로 변하는 나무 한 그루, 바람이 부는지, 비가 내리는지, 눈이 오는지 나에게 알려주는 친구였다.

"나무가 우리 반에 오고 싶은지 기웃기웃거려."

수업을 하다가 갑자기 튀어나온 나의 말에 학생들은 웃으며 창밖을 쳐다보았다. 나의 감정이 학생들에게 전달되었는지 그 때부터 그 나무는 우리 반으로 들어와 함께 수업하게 되었다.

아이들 발자국 소리
아이들 외치는 소리
이제는 그만 듣고 싶어졌을까.
국기 게양대 앞 전나무 한 그루
꼭대기 새 순 자리가 말라 가고 있다.

숲에서 이사 오던 날부터
제 잎으로 제 뿌리 덮어 보는 즐거움
한 번도 누려 보질 못했지.
여지껏
까치집 한 번 제 품에 안아 보질 못했지.

-임길택, 「학교나무」 부분

늘 옆에 있었던 나무다.

나무가 죽어가고 있는지 발견했다면 나무에 대한 사랑이 있는 것이다. 우리가 이야기 하고, 운동장에서 뛰어 놀며, 운동장에서 국기 게양대를 향해 국기에 대한 경례를 할 때도 눈길 한 번 제대로 주지 않았던 나무다.

우리 주변에는 이런 나무가 많다.

지금부터 그들에게 마음을 한 번 줘 보세요.

설이나 추석 그리고 한 해가 바뀌는 날에는 주변 지인들로부터 문자를 받을 때가 많다. 한 동안 못 보고 지낸 서로에게 특별한 날을 계기로 서로의 안부를 묻는다. 2014년 9월 추석날 밤도 문자를 받고 잠시 잊고 있던 보름달을 보러 베란다로 나갔다. 매일 우리의 밤을 책임지고 있던 달이지만 추석에 보는 보름달은 또 다른 의미를 준다. 그 날은 없던 소원도 만들어 빌어야 하기에 하늘을 한 참을 쳐다 보았다. 달 주변을 둘러싸고 있는 구름 때문이었다. 귀찮은 구름이라 생각했지만 그 덕에 내가 그곳에 더 머물 수 있었다. 이 세상에 존재의 이유가 없는 것은 하나도 없다. 저 달 주변에 있는 구름처럼…….

2016년 4월, 비 오는 출근길이었다. 집에서 차로 10분도 걸리지 않는 곳이지만 운전 중에는 주변을 보며 여유있게 가 본 적이 거의 없다. 그 날 따라 비가 와서 차들이 줄지어 서 있었다. 멈춰 선 차 밖으로 하얀색 꽃이 비를 맞으며 지나가는 차로 인한 바람에 흔들리고 있었다. 무슨 꽃인지는 모르겠지만 창문을 내려 사진 한 장을 찍고 꽃 이름에 대해 궁금함을 가졌다.

지금 잠시, 하던 일을 멈추고,

우리가 다니는 보도블록 사이를 비집고 올라와 피어나는 식물을 찾아볼까요?

길을 걷다 가만히 하늘을 한 번 올려다 볼까요?

지금의 이 마음을 가지고 시인처럼 생각한다면 시를 쓸 수 있을 거예요.

3. 동물을 사랑하라

동물은 시의 좋은 소재다. 벌써 동물과 함께 지내고 있다면 동물의 행동을 자세히 관찰해 보세요.

"나를 쳐다보는 강아지의 눈을 들여다보세요."
"무슨 말을 하고 싶은 걸까요?"

허둥지둥
언덕길 뛰어가던
산토끼가 글쎄
달팽이 보고 혀를 찼대

너처럼 느릿느릿 가다간
언덕 너머 산비탈 뒤덮은
진달래꽃 잔치 못 보겠다

달팽이도 글쎄
절레절레
고개를 저었대!

너처럼 빨리빨리 가다간
제비꽃 끼깽이풀 얼레지 족두리풀 매미꽃 봄까치꽃
애기풀 들바람꽃…….
언덕길 따라 줄줄이 핀
풀꽃 잔치 하나도 못 보겠다.

-오은영, 「산토끼랑 달팽이랑」

이 시를 처음에 읽었을 때 토끼의 빠름과 거북이의 느림을 달리기 경주로 이야기하고 있는 토끼와 거북이 동화가 생각났다. 하지만 이 시는 오히려 달팽이처럼 느리게 사는 모습에서 자연의 아름다움을 느낄 수 있음을 알려 준다.

시를 쓰는 사람이라면 토끼가 아닌 달팽이처럼 생활하며 동물의 행동과 모습을 그림을 그리듯 표현하면 좋다.

감정이입(感情移入)은 자연이나 동물, 작품 등에 자신의 감정이나 정신을 넣어, 대상으로부터 느낌을 직접 받아들여 대상과 자기가 서로 통한다고 느끼는 일이다.

가수 이적의 '거짓말 거짓말 거짓말'은 자주 듣는 노래 중 하나다.

다시 돌아올 거라고 했잖아
잠깐이면 될 거라고 했잖아
여기 서 있으라 말했었잖아
거짓말 거짓말 거짓말
물끄러미 선 채 해가 저물고
웅크리고 앉아 밤이 깊어도
결국 너는 나타나지 않잖아

이적은 어려웠던 시절, 자식을 버려야 했던 부모와 버려진 아이의 심경을 떠올리며, 사랑하는 사람과 헤어져야 하는 상황을 노래로 표현했다고 밝혔다. 하지만 가수 이효리의 유기견 관련 트윗으로 더 유명해진 곡이기도 하다. 개를 키우는 나에게 이 노래는 후자의 입장이 더 크다. 노래를 들으며 눈물이 날 때가 한두 번이 아니다.

우리가 사는 세상은 집에 들어서면 꼬리를 흔들며 반기는 개, 등산 하다 쪼로록 나무를 올라가는 다람쥐, 비온 뒤 바짝 마른 몸으로 굳어있는 지렁이 등이 함께 살아간다.

2016년 6학년 담임을 맡고 있을 때다. 국어시간 시 수업을 하고 뒤편 환경게시판에 결과물을 전시했다. 학생들이 꽃, 나무, 새 등 다양한 소재로 시를 썼다. 그중 한 편을 소개한다.

천천히 다가간다
떠나가지 않게끔

우리 주위에 너무나 많은데
비둘기처럼 뒤도 보지 않고 떠나간다

나를 싫어하나?
미워하나?

시커먼 등만 보이며
달아난다

–고세현, 「떠나간다」

이 시를 쓴 고세현 학생은 비둘기를 보며 무슨 생각을 했을까? 주변을 살피며 조심스럽게 다가갔지만 등을 보이며 떠나가는 비둘기를 보며 친구가 떠올랐던 걸까? 누구를 비둘기같다고 생각을 했을까?

길거리에 있는 비둘기를 좋아하는 사람은 많지 않을 것이다. 뚱뚱하다느니 세균을 옮긴다느니 똥을 싸서 더럽다느니…….

시를 쓸 때는 이런 우리의 일반적인 감정을 버리고 대상 자체에 대한 관찰이 필요하다.

4. 생활을 기록하라

오늘은 입춘이다.
봄이 가져 올 선물이 기대된다.
봄은 여린 새싹의 힘도 느낄 수 있고,
꽃들의 향기로 가득 채운 세상도 볼 수 있다.
봄의 길목에서 봄을 시샘하는 매서운 바람이 찾아온다.
그 바람을 반기듯 바람개비 만들어 신나게 돌렸다.
바람이 너무 세게 불어도
불지 않아도
도는 것을 힘들어 하는 바람개비
돌아라.
힘차게.

–이수진, 2014년 2월 4일 학교 운동장에서

둥글둥글 굴렁쇠
혼자서는 잘도 구른다.
하지만 채를 대면 기우뚱기우뚱
자꾸 한 쪽으로 쏠린다.
둘이 만나 하나가 되긴 힘들지만 조화를 이루면
어느 새
온 세상을 다 굴러갈 정도로 힘차게 나아간다.

-이수진, 2015년 10월, 안동민속박물관을 다녀와서

자신이 경험한 일을 시로 표현하면 실감나게 쓸 수 있다. 학교 생활을 하면서 학생들과 수업하면서 있었던 활동, 현장체험학습을 가서 보았던 장면 등 모두가 흥미로운 소재가 된다.

심부름을 하지 않아
어머니께 꾸중을 들었는데도
어머니가 밉지 않으니
참 이상하다

숙제를 하지 않아
선생님께 야단을 맞았는데도
선생님이 밉지 않으니
참 이상하다

—민홍우, 「참 이상하다」

지난밤 야단맞고
엄마 밉다
엄마 아파라
공책 구석에 휘갈긴
낙서

밝은 날
지우개로 지우니
도르르 도르르
말려 떨어지는
부끄럼 몇 개

—오은영, 「지우개 밥」

『엄마는 나만 미워해』라는 동화가 있다. 주인공은 하루에도 엄마가 몇 번씩 자신에게 하는 잔소리와 자신을 못마땅하게 여기는 엄마를 미워한다. 하지만 자신이 아플 때 밤을 새고 자신을 진정으로 사랑한다는 것을 느끼면서 달라진다.

위 두 시에서도 보면 '엄마', '어머니'라는 존재에 대한 아이의 마음이 잘 드러난다. 어린 시절에 있었던 일, 현재 내가 겪는 일 등을 기록한다. 짧게라도 오늘의 일을 남겨두자.

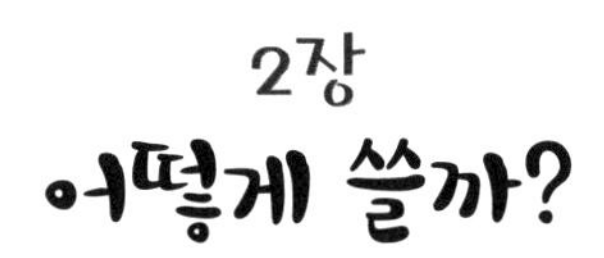
2장
어떻게 쓸까?

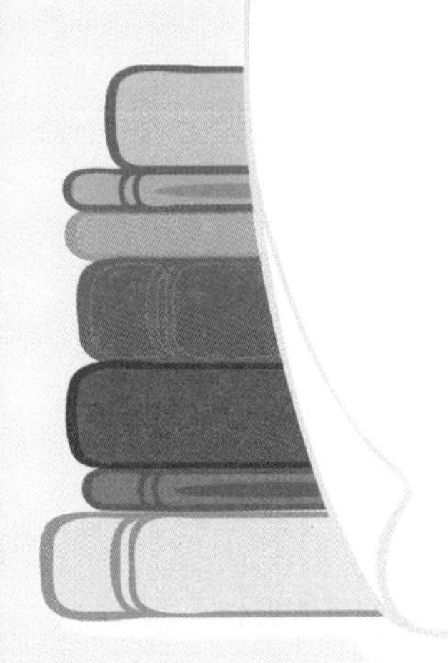

1. 시인처럼 생각하라

살아 있는 모든 것은 아름답다

살아 있는 것은 아름답다
아무리 작은 것이라고 할지라도 살아 있는 것은
아름답다
모든 들풀과 꽃잎과 진흙 속에서 숨어사는
것들이라고 할지라도
그것들은 살아있기 때문에 아름답고 신비하다

-양성우, 「살아 있는 것은 아름답다」 중에서

어린 아이들이 말하는 것을 보면 재미있기도 하고 어떻게 저런 생각을 할 수 있을까? 라고 신기한 생각이 들 때도 있다. 4~6세 어린 아이는 모든 사물이 살아 있다고 생각한다.

"엄마, 저 개 털 옷 입어서 덥겠다."
"시계가 배고픈가 봐요. 안 움직여요."
"컵이 땀 흘리고 있어."

'나무가 손 흔들어요', '자동차가 방귀를 뀌어요' 등 사람이 아닌 동물, 사물, 식물이 사람처럼 말하고 행동하는 것처럼 표현할 때가 있다. 이런 어린 아이의 사고로 생각을 떠올려 보세요.

새들 고것들이 말을 하지
빼꾸기 말, 종달새 말, 제비 말이 다르지
'짹짹' 무슨 뜻?
'빼꾹' 무슨 뜻?
〈우리말 사전〉엔 뜻풀이가 없지만
새들은 새들끼리 알아듣는 말

냇물이 말을 하지
졸졸졸, 출렁출렁……
냇물은 기분 따라 말이 다르지
폭포에서 내리뛸 땐 소리친다구

벌레도 말을 하지
짐승도 말을 하지
이슬비도, 소나기도 말을 하지
바람도 말을 하지

이들의 말뜻을 알아야 해
그래야 이들의 생각을 알아서
그래야, 좋은 시를 쓸 수 있지!

–신현득, 「세상 온갖 말」

날아다니는 새들도 말을 하고, 흐르는 물도 말을 하고, 귀찮게만 왔다 갔다 날아다니는 벌레도 말을 하고, 하늘에서 내리는 비도 말을 한다. 이런 시인의 생각이 좋은 시를 쓸 수 있게 만드는 것이다.

왕복 4차선 도로 한가운데 심겨진 은행나무를 본 적이 있다. 그

것도 암나무다. 은행이 1차선에 소복하게 떨어져 있었다. 떨어져 있는 은행들을 걱정하는 듯, 차가 쌩쌩 달릴 때 마다 나뭇가지가 심하게 흔들리고 있었다. 아무 말 없이 바라만 보고 있는 그 은행나무가 한없이 안쓰러웠다.

그 길을 5년을 넘게 다니고 있다. 가을만 되면 은행나무를 쳐다보며 떨어져 있는 은행을 함께 걱정하고 있다.

'살아 있는 모든 것이 아름답다'라는 말이 딱 맞는 말이다. 말은 없지만 가만히 서 있는 나무도 생각하고 걱정하고 슬퍼하고 힘들어 한다.

아름답다고 느끼려면 주변에 있는 모든 것들을 살아 있다고 생각하는 것이 우선이다. 여러분의 따뜻한 마음으로 생명을 불어넣어 주세요.

내가 너의 이름을 불러주었을 때

내가 그의 이름을 불러주기 전에는
그는 다만
하나의 몸짓에 지나지 않았다.
내가 그의 이름을 불러주었을 때
그는 나에게로 와서
꽃이 되었다.

-김춘수, 「꽃」 중에서

빨강 머리 앤 이야기를 한 번 떠올려 보자. 빨강 머리 앤이 매튜 커스버트 아저씨에게 지나온 가로수 길의 이름을 묻는 장면이 있다. 앤은 웅장하고 아름다운 멋진 장소를 그냥 가로수 길이라고 해서는 안 된다고 말한다.

새하얀 환희의 길. 훌륭한 상상력이 깃들인 이름 같지 않아요? 저는 장소나 사람의 이름이 마음에 들지 않을 때면, 언제나 새 이름을 지어 주고 늘 그 이름으로 생각해요.

-루시 모드 몽고메리, 『빨강 머리 앤』

시를 쓰려면 앤처럼 '언제나 새로운 이름을 지어 주는' 그런 마음의 눈이 필요하다.

1년 전까지만 해도 나는 2003년식 자동차를 타고 다녔다. 옅은 하늘 색 빛을 띠고 있으며 다른 자동차에 비해서는 작은 듯한 타이어 그리고 사이드 미러는 수동으로 접히는 그야말로 구식 자동차였다. 겉으로는 깨끗하게 관리된 듯한 자동차였지만 크고 작은 문제로 골치를 썩였던 그 자동차에게도 이름이 있었다. "붕붕이"

어릴 적 보았던 '꼬마 자동차 붕붕' 만화가 떠오르지만 그 것 때문에 지은 이름은 아니다. 신선하지는 않지만 자동차 하면 떠오르는 익숙하고 유치한 그런 이름이다.

붕붕이를 타고 고속도로를 올릴 수는 없지만 붕붕이를 타고 자동세차를 할 때 사이드 미러를 자동으로 접을 수는 없지만 USB를 이용하여 음악을 들을 수는 없었지만 한 시간을 달려도 에어컨은 시원해지지 않지만 늘 붕붕이는 나와 함께였다. 낡은 차였지만 붕붕이와 함께한 세월 동안 큰 사고는 없었다. 이름은 바로 그런 것이다.

우리 주변에 있는 모든 것들에게 이름을 지어볼까요? 1년 12달을 시인처럼 이름을 짓는다면 여러분은 어떻게 지을까요?

1월은 유리창에 성에 긁는 달
2월은 저수지 얼음장 위에 돌 던지는 달
3월은 학교 담장 밑에서 햇빛 쬐는 달
4월은 앞산 진달래꽃 따 먹는 달
5월은 올챙이 뒷다리 나오는 걸 지켜보는 달
6월은 아버지 종아리에 거머리 붙는 달
7월은 매미 잡으러 감나무에 오르는 달
8월은 고추밭에 가기 싫은 달

9월은 방아깨비 허리 통통해지는 달
10월은 감나무 밑에서 홍시 조심해야 하는 달
11월은 엄마가 장롱에서 털장갑 꺼내는 달
12월은 눈사람 만들어 놓고 발로 한 번 차 보는 달

–안도현, 「농촌 아이의 달력」

직접 보고, 듣고, 해 보아라

얻어먹는 빵이 얼마나 딱딱하고,
남의 집살이가 얼마나 고된지
스스로 경험해 보라.

추위에 떨어 본 사람만이
태양의 소중함을 알 듯,
인생의 힘겨움을 통과한 사람만이
삶의 존귀함을 안다.

인간은 모두 경험을 통해서
조금씩 성장해 간다.

-알리기에리 단테, 「경험」

'경험'은 자신이 실제로 해 보거나 겪어 본 것을 말한다. 모든 것을 경험해 보고 쓰지는 못하지만 진실된 감정과 느낌이 나오려면 직접 경험하면서 느끼고 깨달아야 한다.

아침에 발목이 늘어난 양말을 신고 하루 종일 고생한 경험이 있다. 처음에 신었을 때는 괜찮겠지? 하며 바빠서 집 밖을 나섰다. 몇 걸음 걸을 때마다 양말이 반쯤은 신발 가운데로 내려와 밟힌다. 멈춰서 양말을 최대한 발목까지 끌어당기고 다시 걷는다.

내 경험과 비슷한 시 한 편을 살펴보자.

귀찮은데 어때
발목 살짝 늘어난 양말
그냥 신고 나가면 어때
1등 자신 있는 달리기 시합인데
총소리에 놀라 날아오르는 새 떼마냥
한꺼번에 튀어 나간 친구들
하나 둘 제치고 달리는데
이걸 어째
양말이 점점 흘러내리다
발바닥 가운데서 헐러덩헐러덩
참을 수 없어 양쪽 양말 번갈아
잡아 당기고

-오은영, 「귀찮은 것 때문에」 부분

시골에서 태어나 자란 나에게는 마당에 묶여 있는 소와 개가 친구였고, 집 주위를 둘러싸고 있는 산이 놀이터였다.

학교 마치고 집으로 돌아와 가방을 던져 놓고 제일 먼저 하는 일은 파리채를 들고 소가 있는 곳으로 가는 것이었다. 커다랗고 순진한 눈을 가진 우리 집 소는 여름마다 파리들이 못살게 굴었다. 파리를 쫓기 위해 소가 한 유일한 행동이 가늘고 기다란 꼬리로 설렁설렁 치는 것이었다. 나는 우리 집 소의 구원자라는 생각으로 소똥 냄새나는 그곳에서 늘 파리채를 들고 쫓았던 기억이 난다.

어린이처럼 순진한 마음으로 호기심을 가지고 다른 사람이 해보지 않은 경험을 했을 때 더 생생한 느낌의 시를 쓸 수 있는 것이다.

2. 시인처럼 표현하라

비슷한 점을 찾아보세요

직유법은 시를 쓸 때 두 사물의 비슷한 점을 찾아 직접 비교하는 방법이다. '-처럼, -같이, -듯이, -인양'의 표현이 들어가도록 쓰는 것이다.

나뭇잎이 떨어지는 것도 '빗방울처럼', '낙하산이 내려오듯이'로 표현한다.

언니,
거울 속엔 내가 참 많아.

새벽 나팔꽃처럼 활짝 웃는 나
오리주둥이처럼 입 쑤욱 내민 나
비 온 뒤 풀잎처럼 눈물 그렁그렁한 나
젖은 과자처럼 볼 퉁퉁 불은 나

-오은영, 「조각 맞추기」 중에서

거울 속에 비친 자신의 모습을 여러 가지로 비유하여 표현했다. '새벽 나팔꽃처럼', '오리주둥이처럼', '비온 뒤 풀잎처럼', '젖은 과자처럼'이라는 웃을 때, 화났을 때, 슬플 때 등의 자신의 상황과 감정을 직접적이고 구체적으로 표현하고 있다.

은유법은 직유법보다 직감적으로 유사성을 찾기는 어렵다. 'A는 B이다'로 표현하는 방법으로 숨겨진 비유라고 할 수 있다. 자신의 떠오르는 상상력에 따라 다양한 의미의 사물로 바꿀 수 있다.

새 봄에 내리는
봄비는
하늘과 땅을 잇는
명주실이다

들판에 입을 맞추면
촉촉이 적시어
풀빛 고운 실로
아름답게 수놓는
비단실이다

-김삼진, 「봄비」 중에서

사람인 것처럼 표현하세요

시에서 가장 많이 쓰는 표현법이다. 주변에 있는 모든 사물, 동물, 식물 등에 생명을 부여하는 것이다. 사람처럼 소리, 움직임, 모양을 사물에게도 똑같이 사용하여 감정이 있는 것처럼 나타낸다.

사람이 베어 넘기기에
너무 나이가 들어 버린 나무는
밤이면 울곤 한단다

달빛을 안고도 울고
별빛을 안고도 울고

–임길택, 「할아버지 말씀」

이 시는 고목(古木)을 '나이가 들었다'라고 표현하고 있다. 또한, 달빛과 별빛을 사람처럼 '안기도 하고', '울기도 한다'라고 표현한다. 우리가 보기에 가만히 움직이지도 않고 서 있는 나무가 무슨 일로 울고 있다고 시인은 생각했을까?

시를 쓴다고 한다면, 반드시 나이가 든 나무의 입장에서 감정을 느끼고 생각해 보는 시간을 가져야 할 것이다.

사람인 것처럼 표현하려면 사람의 움직임을 나타내는 말을 찾아 적어 보는 것이 좋다.

지우다, 하품하다, 꿀꺽 삼키다, 암송하다, 굽히다, 조각하다
그리다, 수군거리다, 뛰어넘다, 자다, 달리다, 미끄러지다
먹다, 흔들다, 이동하다, 벌리다, 칠하다, 손짓하다, 깜빡이다
보다, 매달리다, 깔깔 웃다, 넘어지다, 춤추다, 이야기하다
일어나다, 숨다, 병들다, 쓰러지다, 손들다, 대들다, 피하다

사람의 움직임을 나타내는 말을 적었다면, 이제 생명을 불어 넣고 싶은 사물을 떠올려본다.

빗방울 - 그리다 / 미끄러지다 / 매달리다
새싹 - 수군거리다 / 한숨을 쉬다 / 손을 뻗다
시계 - 자다 / 딸꾹질 하다 / 병들다

하늘에서 내리는 비를 보며 '비가 내린다'가 아닌 '빗방울이 창문에 그림을 그려요', '빗방울이 나뭇가지에 매달려 있어요'라고 표현하면 된다.

봄이 되어 땅에서 새싹이 올라올 때도 새싹이 바깥 세상은 어떨지 궁금하여 새싹이 수군거리기도 하고, 꽁꽁 언 땅을 밀치고 올라오기가 힘들어 한숨을 쉬기도 한다. 이렇게 사물의 입장에서 한 번 생각해 보면 생생하게 시를 쓸 수 있을 것이다.

여러 가지 상황에서 사용하는 낱말을 찾아서 시 낱말 카드를 만들어두면 시를 쓸 때 유용하다.

〈시 낱말 카드 만들기〉

요리를 할 때 사용하는 낱말	집어넣다, 썰다, 젓다, 끓이다, 긁다, 버무리다, 민다, 담는다, 뿌린다. 노릇하게 지진다, 갈다, 튀기다, 삶다, 볶다, 다지다, 뒤집다, 굽다, 으깨다, 섞다, 담그다, 붓다, 헹구다, 까다, 다듬다, 누르다, 채썰다, 맛보다, 간하다, 지지다, 달이다, 말다
운동할 때 사용하는 낱말	뛰다, 걷다, 치다, 방향을 바꾸다, 쥐다, 넘기다, 던지다, 차다, 점프하다, 헤엄치다, 흔들다, 뒤집다, 구르다, 굴리다, 돌리다, 올라가다, 뛰어오르다, 튕기다,
악기를 연주할 때 사용하는 말	두드리다, 불다, 치다, 튕기다, 호흡하다, 누르다, 뜯다, 밟다, 흔들다,
공부할 때 사용하는 말	쓰다, 지우다, 배우다, 붙이다, 만들다, 자르다, 그리다, 긋다, 오리다, 접다, 구기다, 찢다, 매기다, 색칠하다, 포개다, 돌리다, 걸다, 닫다

시를 쓸 때는 익숙한 표현을 낯선 표현으로 바꾸는 것이 필요하다. 신선한 느낌을 살려 표현하는 연습을 꾸준히 한다.

익숙한 표현		낯선 표현
햇살이 비친다	⇨	햇살이 잠들다 햇살이 파고든다 햇살이 뛰어논다
눈이 내리다	⇨	눈이 피어나다
새들이 지저귄다	⇨	새들이 까분다
나뭇잎이 떨어진다	⇨	나뭇잎이 떠난다
창문이 흔들린다	⇨	창문이 춤춘다
꽃이 핀다	⇨	꽃이 미소를 짓는다
텔레비전을 켜진다	⇨	텔레비전이 눈을 깜빡인다

오감을 활용해서 나타내세요.

시를 읽다 보면 아름다운 풍경이 떠오를 때가 있다. 시는 시각, 청각, 미각, 후각, 촉각 등 우리가 오감을 통해 느끼는 것을 글로 표현한 것이라 할 수 있다. 한마디로, 말로 만든 그림이다.

눈에 보이는 모습 그대로를 글로 표현해 본다. 자신의 발을 자세히 본 적 있는가? 매일 씻는 자신의 발도 어떤 색깔을 가지고 있는지, 발톱은 어떤 모양인지, 발에 점은 있는지 등 막상 글로 쓰려면 어려울 것이다. '아빠 발' 하면 어떤 생각이 떠오를까?

듬성듬성 껍질 벗겨지고
물렁물렁 물집 잡히고
뽀꿈뽀꿈 구멍 뚫린
아빠 발

무좀에게
완전히 점령당한
아빠 발

-오은영, 「아빠 발」 중에서

이 시에 나오는 아빠 발이 어떤 모습인지 구체적으로 그려지죠? 이 발의 모습만 떠올리더라도 아빠가 어떤 일을 하는지 짐작이 간다. 시를 쓸 때는 눈으로 보거나 마음으로 느낀 것을 그림으로 그리듯 표현해야 한다.

눈으로 본 것을 빨간색, 노란색, 파란색으로만 표현하면 단조롭다. 우리가 보는 자연의 색은 다양하게 표현할 수 있다. 평소 색깔을 연상시키는 사물이나 장면을 주변에서 찾아 표현해 보도록 한다.

오렌지색	곰팡이	태양	오렌지	호박
	베란다 벽에 숨어 사는	이글이글 떠오르는	상큼한 향기를 풍기는	가을 볕에 무르익은 호박
	모닥불	당근		
	캠프파이어의 꽃	토끼 나라의 1등 식량		
노란색	은행나무	배	참외	
	고약한 냄새를 풍기는	달고 시원한	노란색 옷을 입고 있는	
회색	쥐	낙지	실내화	
	고양이를 피해 다니는	롱다리를 가지고 있는	일주일 신은 더러운	

책표지, 그림책의 장면, 사진 등을 자세히 관찰하고 보이는 것을 바탕으로 떠오르는 생각과 느낌을 글로 적어 본다.

구름

문으로 구름이 들어 왔어요.
깜짝 놀랐어요.
신기했어요.
구름을 만졌어요.

구름이 방으로 들어왔어요.
구름이 침대에 누웠어요.
깜짝 놀랐어요.
구름을 재웠어요.

소리를 시에 끌어들이면 시의 느낌을 실감나게 살릴 수 있다. 시골 비포장 도로를 달리는 버스에서 나는 소리를 비슷한 느낌으로 '덜컹덜컹', '달캉달캉'처럼 표현할 수 있다.

이렇게 소리를 흉내 내는 말로 나타낼 수도 있고 직접적으로 주변에서 들을 수 있는 말을 그대로 표현하여 소리를 시에서 직접 느낄 수 있도록 할 수 있다. "허리 병은 고쳤능교", "마이 좋아졌심더"처럼 버스를 타고 있는 어른들의 사투리가 섞인 말을 그대로 시에 표현하기도 한다.

버스가 덜컹거려서
보따리에 담긴
사과가 굴러다니고

덜컹덜컹
달캉달캉

"허리 병은 고쳤능교."
"마이 좋아졌심더."

입에 담겼던
이야기도 굴러다닌다.

–박해정, 「시골버스」

퇴근하는 길, 배고픔으로 아무 생각이 없이 터덜터덜 엘리베이터를 탔다. '어, 이 고소한 냄새 뭐지?', '몇 호에서 피자를 시켰지?' 나도 모르게 내 코는 바삐 움직이며 냄새에 취해 있다. 우리 주변에는 향기로운 꽃 향기, 맛있는 떡볶이, 피자 냄새, 지독한 음식물 쓰레기 냄새까지 후각을 자극할 때가 있다. 시를 쓸 때는 냄새도 구체적으로 떠오를 수 있도록 구체적으로 표현한다.

누가 타고 내린 거지?
시금털털 술 냄새
13층 아저씨 술 냄새

누가 타고 내린 거지?
코를 찌르는 향수 냄새
8층 아줌마 향수 냄새

-이상교, 「엘리베이터」 중에서

이 시에서는 술 냄새를 '시금털털'이라고 표현하고 있다. 맛이나 냄새가 조금 시면서 떫을 때 사용하는 말로 '시금떨떨'보다는 거센 느낌을 준다. 향수 냄새 역시 기분 좋게 향기로운 것이 아닌 엘리베이터를 타는 누군가에게는 좋게 느껴지지 않음을 금방 알 수 있다.

파바바방! 파바바방!
폭죽들을 터뜨리며 행진한다

행렬이

혓바닥을 지나
목구멍을 넘어
배 속으로 들어가고
폭죽 소리가 잦아들 때
마지막으로 커다란 대포 한 방!
꺼어억

축제가 끝났다.

-신민규, 「콜라」

어릴 적부터 지금까지 나는 콜라를 한 번도 마셔 본 적이 없다. 거무튀튀한 색을 가졌고 컵에 따를 때 기포가 빠글빠글 올라오는 모습은 익히 알고 있다. 하지만 그 맛은 어떨지, 입 속으로 들어갔을 때 어떨지는 경험해 본 적이 없다.

이 시를 보면 콜라가 우리 몸 속에 들어 갔을 때 트림을 할 정도로 탄산의 맛이 강함을 선명하게 나타내고 있다.

노래하는 느낌이 들도록 하세요

이슬비 내리는 이른 아침에 우산 셋이 나란히 걸어 갑니다

산하고 하늘하고 누가 누가 더 푸른가

퐁당퐁당 돌을 던지자 누나 몰래 돌을 던지자

내가 학교 다닐 때 음악 교과서에도 나오고, 친구들과 고무줄 놀이를 할 때나, 손뼉치기 놀이를 할 때 흥얼거리며 부르던 노래들이다. 이 노래는 모두 윤석중의 시다. 시를 운문이라고도 하는데 운문은 시의 형식으로 지은 글을 말한다. 국어사전에서도 보면 노래와 시를 비슷한 말로 보고 있다. 시가 노래가 되기 위해서는 규칙적인 반복이 필요하다.

친구들은 매미가
매엄매엄매엄 운다고 합니다

나는 매미 소리가
엄마엄마엄마로 들립니다

나무가 엄마인지
착 붙어서
엄마엄마엄마 웁니다

-안상학, 「매미소리」 중에서

아크로스틱 형식으로 시를 써 보세요

비밀 친구(마니또) 놀이를 해 본 적이 있나요? 다른 친구들에게 들키고 싶은 않은 내 마음을 암호처럼 전해 보면 재미있겠죠?

아크로스틱(acrostic)은 각 행의 첫 글자를 아래로 연결하면 특정 어구가 되도록 쓴 시나 산문을 말한다.

비밀

정유경

동네에선 알아주는 싸움 대장
수업 시간엔 못 말리는 수다쟁이
동수 장난이 하도 심해 혀 내두른 아이들도
수십 명은 되지, 아마?
난 도무지 이해가 안 가, 그런 동수를
좋다고 쫓아다니는 여자애들
아무래도 제정신이 아닌 것 같아

참 한심해 보이기도 해
좋아할 남자애가 그리도 없나?
아! 생각만 해도 머리가 아파

★어떻게 써 볼까?

–어떤 낱말이나 문장의 첫 글자를 왼쪽에 세로로 쓰세요.

–첫 글자로 시작하는 낱말을 생각해 보세요.

–시 전체가 하나의 주제로 통일감 있게 쓰세요.

시의 행과 연의 배열을 시각적으로 표현해 보세요

시를 쓸 때 행과 연을 어떻게 가를까? 일반적으로 행을 호흡의 연속과 쉼, 강조하고자 하는 부분, 의미, 운율 등에 따라 나눌 수 있다.

자신이 쓴 시에 시각적 효과를 부각시켜 전하고자 하는 내용을 전하는 경우도 많아지고 있다.

곧장
떨어지지 않고

대 대 대 대
롱 롱 롱 롱

빨랫줄에
철봉대에
매달린 빗방울들

-오은영, 「생각 중이다」 중에서

이 시는 2연에서 '대롱'을 행을 구분하여 빗방울이 빨랫줄이나 철봉대에 매달려 있는 형상을 이미지화시키고 있다.

쓰고
지우고
그 위에
다시 쓰고
다시 지우고
연필도 지우개도
닳아 점점 작아지네
그러다 언젠가는 둘 다
누군가에게서 끝내 버림을
받겠네! 애꿎게도 그들의 흔적만
종이에 남겠네! 노인 얼굴의 주름살처럼
〈연필과 지우개〉 안재동

노란 양은 냄비에다가
파르르 라면 끓인 뒤
냄비 뚜껑 안쪽에다
건더기를 올려놓고
젓가락으로 집어
후후 입김 불며
후루룩후루룩
먹으면 된다.
소리 내어
먹을수록
더 맛있
다

-권오삼, 「라면 맛있게 먹는 법」

이 두 시는 시각적인 효과를 보여 주기 위해서 글자 수를 점점 늘리거나 점점 줄여가고 있다.

끝말잇기처럼 시를 써 보세요.

"원숭이 엉덩이는 빨개, 빨간 것은 사과, 사과는 맛있어, 맛있는 것은 바나나, 바나나는 길다, 긴 것은 기차, 기차는 빠르다." 이 노래를 모르는 사람은 없을 것이다. 낱말이 시각적 이미지로 연결되어 있어서 쉽게 재미있게 따라 불렀던 노래다. 이처럼 시를 쓸 때로 두 대상의 닮은 점을 찾아서 꼬리에 꼬리를 물듯이 시를 쓸 수 있다.

내가
꽃이 되면

꽃은
웃음이 되고

웃음은
아기가 되고

내가
아기가 되면

아기는
세계가 되고

세계는
평화가 오고

평화는
꽃이 된다.

-박유석, 「꽃이 되면」 중에서

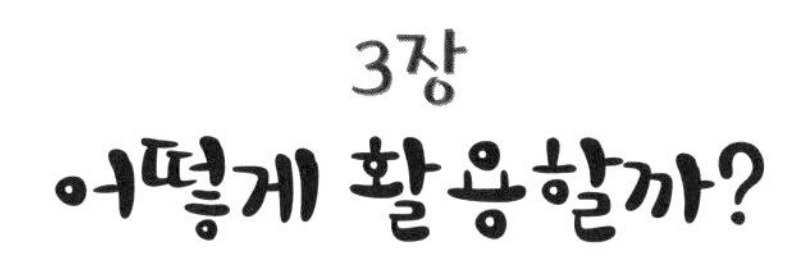

3장
어떻게 활용할까?

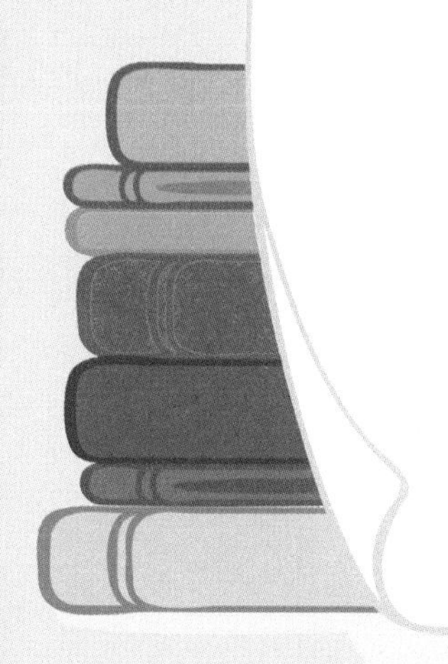

1. 일기쓰기, 하루 일상이 생생하게 펼쳐진다

시는 특별한 사람이 특별한 일을 쓰는 것이 아니다. 일상에서 일어나는 일에서 느꼈던 감정들을 솔직하게 쓰면 되는 것이다. 경험한 것을 떠올려 사실과 생각이나 느낌을 연으로 구분하여 쓰면 하루 일기쓰기가 끝난다.

귀이개를 가지고 엄마한테 가면
엄마는 귀찮다 하면서도
햇볕 잘 드는 쪽을 가려 앉아
무릎에 나를 뉘여 줍니다.
그리고선 내 귓바퀴를 잡아 늘이며
갈그락갈그락 귓밥을 파냅니다.

아이고, 니가 이러니까 말을 안 듣지.
엄마는 들어 낸 귓밥을
내 눈앞에 내보입니다.
그리고는
뜯어 놓은 휴지 조각에 귓밥을 털어 놓고
다시 귓속을 간질입니다.

고개를 돌려 누울 때에
나는 다시 엄마 무릎내를 맡습니다.
스르르 잠결에 빠져듭니다.

-임길택, 「엄마 무릎」 중에서

플라타너스 나무를 알고 있나요? 만촌동에 살고 있을 때 가로수가 바로 플라타너스였다. 잎이 커지는 속도도 빠르고 커다란 잎은 어린 아이의 얼굴이 다 가려질 정도다. 나무가 워낙 잘 자라다 보니 전선도 가리고 차량 통행에도 방해가 된다. 하루는 플라타너스 나무 가지치기를 하고 있었다. 그 모습을 찍어 사진을 보며 학생들과 함께 생각을 나누어 보았다.

"나무가 머리카락을 자르는 것 같아서 시원해 보여요."
"가족들과 헤어지는 것 같아서 가슴이 아파요."
"나무에 걸쳐 입은 옷을 벗는 것 같아요."

학생들과 시 수업을 한 후 일기장에 적은 어느 학생의 일기다. 6년이라는 시간은 짧지 않다. 그 긴 시간 동안 기른 머리를 자를 때 나무 가지치기를 한 장면을 떠올렸나 보다.

"예쁘게 잘라주세요"
"네, 알겠습니다."

6년간 기른 머리카락이 떨어진다.
낮에 본 플라타너스 잎처럼

-제자 중 한 명, 「단발머리」 중에서

2. 수수께끼, 상상하며 수수께끼를 풀어라

시에서 제목을 붙일 때 흔히 소재를 그대로 이용하는 경우가 많다. 일반적으로 글의 주제를 뒷받침하여 글의 내용을 주로 이루는 대표적인 소재를 제목으로 삼는다.

시에서는 전혀 제목을 나타내는 낱말이 나오지 않는 경우도 있다. 주제를 제목으로 삼기도 한다.

하상욱의 대표적인 단편시집 『서울 시』는 인터넷 포털에서 인기를 끌며 유명해졌다. 짧지만 공감이 가는 시라 학교 수업이나 교사 연수에서 사용되기도 했다.

특히, 시를 먼저 읽고 제목을 나중에 알게 되면 무릎을 치며 '아' 하고 공감할 때가 많았다.

다음 시 제목을 맞혀 볼까요?

너를
잡은손

놓지
않을래

–하상욱, 「①」 중에서

끝이
어딜까

너의
잠재력

—하상욱, 「②」 중에서

손도 없고 발도 없어요. 지느러미도 없고 날개도 없지만 어디든 거침이 없어요. 생각처럼 움직일 수 있는 몸뚱이 하나면 충분하거든요.

가끔은 궁금해요. 생각이 몸을 움직이는지 몸이 생각을 움직이는지. 생각이 곰곰 똬리를 틀면 몸도 똬리를 틀고, 몸이 돌돌 똬리를 틀면 생각도 똬리를 틀거든요.

—강지인, 「③」 중에서

그냥 줍는 것이다.

길거리나 사람들 사이에
버려진 채 빛나는

—나태주, 「④」

몸집은
작아도

지구 어디든
갈 수 있는

힘센
날개를 가진
새.

오늘
바다 건너
멀리서

우리 고모
소식 가지고
왔다.

-권오삼, 「⑤」

정답 : ①스마트폰 ②다 쓴 치약 ③뱀 ④시 ⑤우표

시를 이용하여 숨은 글씨 찾기도 한 번 해 볼까요? 다음 시에서 숨은 글씨 6개를 찾아보세요.

여기숨어있는것이무얼까요
어린이여러분잘찾아보세요
빨리빨리눈이핑핑돌기전에
한번본거또보고얼른찾아요
다찾으면오징어구워줄게요
오징어먹다남기면마빡한대

숨은 글씨: 기린, 이빨, 아기, 이리, 똥, 고구마

-신민규, 「숨은글씨찾기」 중에서

찾으셨나요? 정답을 확인해 볼까요?

정답

여기숨어있는것이무얼까요
어린이여러분잘찾아보세요
빨리빨리눈이핑핑돌기전에
한번본거또보고얼른찾아요
다찾으면오징어구워줄게요
오징어먹다남기면마빡한대

나에겐 시를 쓸 정도의 능력도 시를 가르칠 역량도 뛰어나진 않다. 이렇게 '시를 어떻게 쓸까?'에 대한 책을 내는 것도 어울리지 않는다. 교사 생활하면서 국어 교과에 대해 연구를 하고 대학원에서 아동문학을 전공하며 동시 수업을 들었다. 1학년부터 6학년 담임을 하면서 시수업을 했다. 학교 업무로 각종 인사말 쓰기, 학생 글쓰기 지도 등 그것이 나의 전부다.

다른 동시쓰기 지도법을 쓴 저자보다 내세울 것이 있다면 어른이지만 어린 아이 같은 마음을 지녔고, 내 주변에 있는 모든 사물을 친구로 여긴다는 것이다.

시골에서 자라고 태어나서 도시 토박이 보다는 자연과 함께한 경험이 많다는 것이다. 어릴 때부터 눈물도 많아서 울보, 짬보라는 별명을 가지고 있다. 길 가다 다리를 절뚝거리는 비둘기를 보면 안쓰럽고, 건물 안에 들어 왔는데 나가지 못하는 새가 있으면 도와주고 싶고, 시를 읽다가도 TV를 보다가도 영화를 보면서도 눈물을 흘린다.

키우고 있는 강아지 '민이', 여행가방' 음이', 자동차 '붕주', 로봇청소기 '또봇' 등 내 주변에 있는 물건들은 이름이 있다.

동시를 지도할 때는 제목을 어떻게 붙일까? 행과 연은 어떻게 나눌까? 어떤 비유법을 써야 할까? 이런 것도 중요하지만 무엇보다 따뜻한 마음, 사랑스러운 눈으로 주변을 바라보았으면 한다.

사계절 하이얀 종이에 동심의 꽃씨 뿌리기

따스한
봄 지난 종이에는
부드러운 햇살이 스며들고

뜨거운
여름 지난 종이에는
한 없이 커버린 풀들이 자라고

새초롬한
가을 지난 종이에는
잠자리 날개 위에 상상이 잠들어 있고

차디찬
겨울 지난 종이에는
눈발에도 흔들림 없는 겨울나무가 우뚝 서 있다.

오늘의 동심의 꽃씨를 심어 꽃을 피워 내일의 또 다른 꽃씨가 되기를 바랍니다.

★별 하나 … 이수진

★[별] 둘

내 꿈을 찾는 진로동화

내 꿈을 찾는 진로동화

최유진

현재 반야월초 5학년을 맡아 책쓰기 동아리 학생들을 지도하고 있으며, 평소 책읽기와 책쓰기에 큰 관심이 있다. 시나 이야기 전반을 아우르는 문학의 감상을 좋아하며 삶과 문학은 하나로 이어져 있다고 생각한다.

〈지도해서 출판했던 책〉

-복을 물고 오는 부엉이 목걸이(2011, 경동초)

-거꾸로 가는 시계(2012, 경동초)

삶을 가꾸는 책쓰기

별이 되고 싶은 아이들과의 만남

세상에 운명 같은 만남이 있다는 것을 나는 아직도 믿는다. 아이들과의 만남이 그것이었다. 누구보다 책을 좋아해서 선생님과 함께 책을 보는 것을 좋아하는 아이들이었다. 내가 책을 읽으면 무슨 책인지 궁금해 하고, 따라 읽고 책에 대한 이야기를 함께 나누던 호기심 많은 아이들이었다. 그 책의 어떤 부분이 가장 흥미로웠는지, 어떤 부분이 가장 화가 나게 만드는지 함께 이야기 하느라 하루하루 시간 가는 줄을 모르게 지냈다.

그리하여 아이들은 책과 가까이 지냈던 이러한 작은 관심들이 내 이야기를 써보고 싶다는 욕망으로 발전하게 되었다. 너희들의 이야기를 책으로 한 번 써보고 싶지 않느냐고, 너희들의 이야기는 이보다 더 달콤할 것이라고 우리는 함께 생각을 나누었고 너무도 자연스럽게 책을 쓰게 되었다. 수많은 이야기를 읽어왔던 터라 책을 쓰는 것은 아이들에게 큰 어려움이 되지 않았다.

별이 되고 싶은 아이들과의 책쓰기

아이들의 꿈을 책으로 가장 잘 표현할 수 있는 방법을 여러 방향으로 고민해보았다. 진로 동화로 방향을 잡은 다음에는 책쓰기가 일사천리로 진행되었다. 아이들이 원하는 꿈의 방향으로 나있는 길을 따라 한걸음 더 걸어 나가기만 하면 되었다. 아이들이 자신의 생각에 확신을 가지고 표현할 수 있도록 용기를 북돋우면 되었다. 아이들은 확고한 생각을 가지고 있었고 그것을 조금 더 분명한 방법으로 표현할 수 있도록 여러 과정에서 사소한 도움을 줄 뿐이었다.

내가 하나하나 세부적으로 알리지 않아도 아이들은 스스로 사방팔방으로 도움을 받으며 자료를 수집하고 있었다. 어딘가 모르게 자신과 공통점을 지닌 개성 있는 등장인물을 만들어낼 줄도 알았고 그 인물이 고난과 역경을 통해 우여곡절 끝에 해결해낼 까다로운 문제상황도 철저하게 계획하고 있었다. 생각이 떠올랐을 때 글을 쉬지 않고 쓰면 흐름이 끊기지 않을 거란 것을 지나치게 강조하지도 않았지만 아이들은 글쓰는 재미에 시간 가는 줄도 모르고 밤을 새워 이야기를 작성해왔다. 물 흐르듯이 자연스럽게 흘러간다는 말이 이런 상황에서 참 적절한 것 같았다.

하루하루 즐겁지 않은 날이 없었던 거 같다. 아이들의 손으로 이야기를 쓰고 있었지만 그것은 마치 내가 쓰는 것처럼 나를 흥분되게 만들었다. 시험기간에도 아이가 쉬지 않고 밤을 새워 써온 글을 혼자 읽으며 눈시울이 붉어지는 경험을 얼마나 여러 번 했는지 모른다. 안개가 걷히고 별이 되는 법을 찾았을 때 아이들은 스스로 더욱 빛나고 있었다. 아이들이 더 반짝반짝 빛날 수 있도록 밝혀주는 역할을 교사가 할 수 있다면 더없이 보람 있을 것이라고 항상 생각한다.

아이들의 삶을 반짝이게 만드는 책쓰기

학기를 마무리하느라 분주하게 움직이던 차가운 겨울의 끝자락에 이메일을 열다가 깜짝 놀라 손을 멈추고 말았다. 5년이 지난 지금도 가슴 한켠에 따스하게 담아두었던 낯익은 이름이 보였기 때문이다. 경동초등학교 5학년 때 나와 함께 '복을 물고 오는 부엉이 목걸이' 책을 출판했던 책쓰기 동아리 학생 오신영이다.

선생님, 안녕하세요. 신영이에요!

초등학교 오학년짜리 범생이가 어느새 대한민국의 고삼이 되었습니다.

생기부를 정리하다가 문득 예전 책쓰기 할 때 보내셨던 메일을 보고 안부 여쭙니다.

잘 지내고 계시지요?

원세는 저처럼 미술하면서 잘 지내고 있고, 경아도 공부 열심히 한다고 들었어요. 진우도 경신고에서 파이팅 중입니다. 지희는 집회 때 자유발언도 하고 아주 활발히 사회활동을 하고 있어요! 나머지 친구들은 따로 연락이 되지 않아 잘은 모르겠습니다만 잘 지내고 있을 거예요.

지금 와서 느끼는 것이지만 참 그 때가 좋았던 것 같습니다. 쓰고 싶은 글을 마음껏 쓴다는 것이 그렇게 즐거운 일인 줄 다시금 깨닫네요. 늦었지만 좋은 추억 많이 만들어 주셔서 감사합니다.

입시 끝나고 애들이랑 다같이 찾아 뵐게요. 그때까지 건강하게 계셨으면 좋겠습니다.

천천히 읽어내려 간 메일의 끝에서 나는 그만 눈물을 왈칵 쏟을 뻔 했다. 내가 아직도 우리가 함께 책을 쓴 그 날들을 떠올리면 가슴 한구석이 아려오는 것처럼 너희들도 아주 가끔은 그 날들을 떠올리며 가슴 뭉클해 하는구나.

그 때의 책쓰기가 아이들의 인생에서 아주 작은 도움이라도 된 것 같아 다행이라는 생각이 들었다. 잘 모르긴 해도 앞으로 선택할 전공분야를 위한 확고한 의지와 노력으로도 보일 수 있을 것이다.

모두들 그 때 우리가 썼던 진로동화 속의 꿈에 한 걸음 한 걸음 더 가까워지고 있는 것 같다. 일러스트레이터를 꿈꾸던 신영이나 디자이너를 꿈꾸던 원세는 미술을 전공으로 대학을 준비하고 있고, 기자가 되고 싶어 했던 지희는 남 앞에 나서서 자유발언도 서슴없이 할 정도로 소신 있게 살고 있구나. 경아도 진우도 공부 열심히 하고 있다고 하니 끊임없이 노력해서 좋은 결과가 있을 것임을 의심치 않는다. 나와 함께 나누었던 그 꿈의 길을 차례차례 걸어가고 있는 아이들을 얼른 만나고 싶다.

2019년 새로운 한해의 초입에서
별과 함께 반짝이고 싶은 최유진

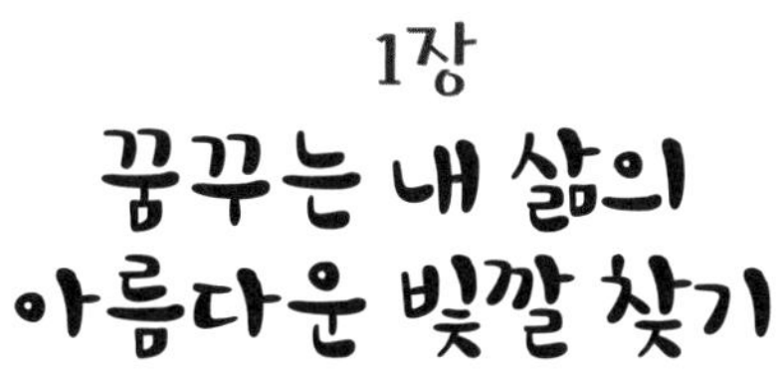

1장
꿈꾸는 내 삶의 아름다운 빛깔 찾기

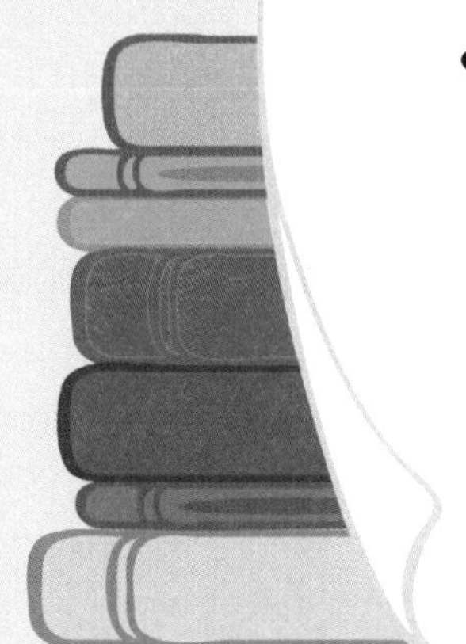

1. 책쓰기 시작하기

◇ 책쓰기 결정하기

"얘들아, 선생님하고 책 써볼래?"
"네? 우리가 책을 쓴다고요? 그게 가능해요?"
"책은 누구나 쓸 수 있어. 너희 같은 초등학생들도 충분히 쓸 수 있단다. 그럼 선생님하고 같이 시작해 볼까?"

책쓰기를 결정하고 아이들과 목표를 공유하면서 아이들이 보였던 반응이다. 책은 대단한 사람들만 쓴다고 생각하고 있던 아이들의 생각이 고스란히 드러났지만 결국 책을 쓰다 보면 자신들도 충분히 책을 쓸 수 있음을 스스로 느낄 수 있을 것이라 생각했다. 책쓰기는 대단히 뛰어난 사람만 할 수 있는 특수한 과업이 아니라 이 시대를 살아가는 아름다운 생각을 지닌 누구나가 해낼 수 있는 일이라고 말이다. 그리고 그 믿음을 끝까지 가지고 책쓰기 과정을 이어나갔고 결국 아이들은 자신과의 새로운 만남인 책쓰기 과정을 누구보다 성공적으로 완수하였다.

◇ 책쓰기란?

책쓰기란 특정한 주제에 대한 자신의 생각을 한 권의 책으로 엮어내는 과정의 모든 일을 말한다. 장르를 정하고 주제와 등장인물을 정하여 글을 쓰고 퇴고하며 표지와 삽화를 그려 한 권의 책을 완성하는 모든 과정이 포함된다.

실과 시간에 물을 주어 키웠던 방울토마토에 대한 이야기도 하나의 책쓰기가 될 수 있고, 사회 시간에 썼던 조선 시대의 서당 아이에 대한 이야기도 책쓰기가 될 수 있다. 뿐만 아니라 국어 시간에 배운 수박돌이 이야기를 등장인물의 성격을 바꾸어 쓰면 그것도 훌륭한 한 편의 이야기가 될 수 있다. 다만 그 주제와 소재는 책을 쓰는 이가 관심을 갖고 쓰고 싶은 내용이면 충분할 것이다.

◇ 책과 친해지기

내 이름이 써진 책을 갖고 싶다면 무엇보다 책과 친해지는 것이 가장 중요하다. 책은 시집, 동화, 에세이 등 다양한 장르를 읽어 보는 것이 좋겠다. 책을 읽고 혼자 생각하기보다는 여러 사람과 생각을 공유해 보면 내가 미처 생각하지 못한 방향으로 생각이 가지를 뻗어나갈 수 있다.

읽지 않은 책들이 넘치는 학급도서관을 만들지 않기 위해 꼭 읽어야 할 책의 목록을 정해보았다. 그것은 각종 추천도서 목록을 참고하고 수상작들을 살펴 학생들이 읽으면 좋을 만한 다양한 장르의 도서로 정하였다. 시와 동화, 에세이 등 다양한 종류의 책으로 정해진 목록의 책을 학급문고에 여러 권 구비해 두었다. 5월 1, 2주는 '마당을 나온 암탉'을 읽는 주로 정하여 모든 친구들이 아침자습시간부터 그 책을 읽기 시작하였다. 나만 읽는 책이 아니라 모두가 함께 읽는 책이라면 더욱 호기심이 생기고 이야깃거리도 많아지리라.

◇ 책을 읽고 생각 나누기

내가 만약 그 이야기에 나오는 등장인물이었다면 어떻게 했을까? 이야기의 결말이 다른 방향으로 바뀌었다면 어떻게 끝이 났을까?

타래에 타래를 이어가는 의문에 답하다 보면 나도 모르게 책에 가까워진 나를 발견할 수 있을 것이다.

책을 함께 읽으며 책에 대한 생각을 지속적으로 나누는 시간을 가져 책을 더욱 읽고 싶은 마음을 갖게 한다. 자습 시간에 읽은 그 책에 대한 이야기를 수업시간에 활용하여 이야기 바꾸어쓰기를 할 수 있을 것이고, 미술시간에 이야기 속 인물에게 보내고 싶은 선물 꾸러미를 만들어 볼 수 있을 것이다. 한 권으로 책으로 이루어지는 통합적인 학습은 학생이 책에 온전히 빠져들 수 있도록 하기에 충분할 것이다.

이러한 생각들을 친구들과 나누다 보면 등장인물의 특징을 이해하게 되고, 배경은 어떻게 설정되었는지 파악하게 되며 기승전결이 어떤 식으로 이루어지는지 알게 될 것이다. 이렇게 이야기가 어떤 식으로 구성되는지를 자연스럽게 파악할 수 있을 것이다.

〈아이들이 꿈을 가꾸는 학급 도서관〉

◇ 스토리텔링 연습하기(첫 부분 쓰기)

이야기가 술술 나오려면 다양한 상황에서 연습이 필요하다. 이야기를 어떻게 시작하는지 그 방법부터 생각해 보면 고사성어로 시작한다거나 속담으로 시작할 수도 있을 것이고 대화로도 시작할 수도 있을 것이다. 또 때와 장소, 등장인물을 소개하며 시작할 수도 있을 것이고, 이야기 형식으로도 시작할 수 있을 것이다. 다양한 방식으로 이야기의 시작을 열어나가는 연습을 해보면 좋겠다.

〈이야기 첫 부분 쓰는 방법과 초등학생이 쓴 예〉

순	첫 부분 쓰는 방법	예
1	대화	“너, 또 지각이니?”
2	사자성어	결초보은이라는 말이 있습니다.
3	때, 장소, 등장인물 소개	1911년 5월 17일, 순이가 대구에서 태어났습니다.
4	속담, 격언	“눈 가리고 아웅하는 행동은 하지마!”
5	이야기 형식	바람이 쌀쌀하게 불던 날이었습니다.
6	대상에 대한 느낌	까칠까칠한 도깨비 바늘에 준수는 깜짝 놀랐다.
7	자신의 경험	제가 유치원 때 제 방에서 겪은 일입니다.
8	독자에 대한 질문	인종 차별에 대한 뉴스, 들어보셨나요?
9	소리	따르릉! 자명종 소리가 울린다.
10	시간에 대한 표현	자명종 소리와 함께 나의 아침 7시가 시작된다.

◇ 스토리텔링 연습해 보기(완성된 글 써보기)

짧은 줄거리에 다양한 대화와 감정, 생각이나 느낌 등을 실감나게 넣어서 나만의 글로 완성을 해본다. 줄거리는 같지만 쓰는 사람에 따라서 이야기를 흥미롭게 풀어내는 방법은 천차만별일 것이다. 등장인물들의 대화 방식도 작가에 따라 매우 다양하게 나타날 수 있으므로 완성된 글을 써보는 스토리텔링 연습을 함으로써 완성된 글을 써보는 힘을 기를 수 있을 것이다.

다음은 간단하게 작성된 줄거리를 대화와 감정, 생각이나 느낌을 풍부하게 넣어 스토리텔링한 두 초등학생의 글이다. 같은 줄거리라도 세부내용은 다르게 표현될 수 있음을 알 수 있다.

〈두 명의 초등학생이 쓴 스토리텔링〉

〈학생 A의 글〉

"안녕히 주무셨어요?"
"어, 그래. 김치찌개 해놨으니까 빨리 먹어라."
엄마께서 말씀하셨다. 보통 때는 아빠께서도 날 반갑게 맞아주시는데 오늘은 아무 말씀이 없으셨다. 요즈음 들어 신경이 많이 날카로워지신 듯했다.
"아빠께서도 잘 주무셨죠?"
아빠께선 그저 고개만 끄덕거리셨다. 아무래도 무슨 일이 일어난 것 같았다. 하지만 일어난 일이 무엇인지는 도무지 감을 잡을 수 없어 빨리 밥을 먹고 학교로 향했다.

〈학생 B의 글〉

"현준아?"

아무 목소리도 나의 귓속에 들어오지 않는다. 그냥 얼어 있다. 엄마, 아빠의 배신으로 인한 충격이 나의 가슴을 한 대 쳤다. 이혼이라는 두 글자가 책에서만 나오는 줄 알았다. 하지만 가까운 곳에서 일어난다. 아주 가까운 곳에서.

"외삼촌..."

나에게 가장 의지되는 사람이다. 외삼촌. 삼촌은 침착한 목소리로 울먹거리며 내 목소리를 다독인다.

"현준아, 너무 슬퍼하는 것 같은데 외삼촌이 어떻게 해줄 수 없을까?

"없어요, 절대로."

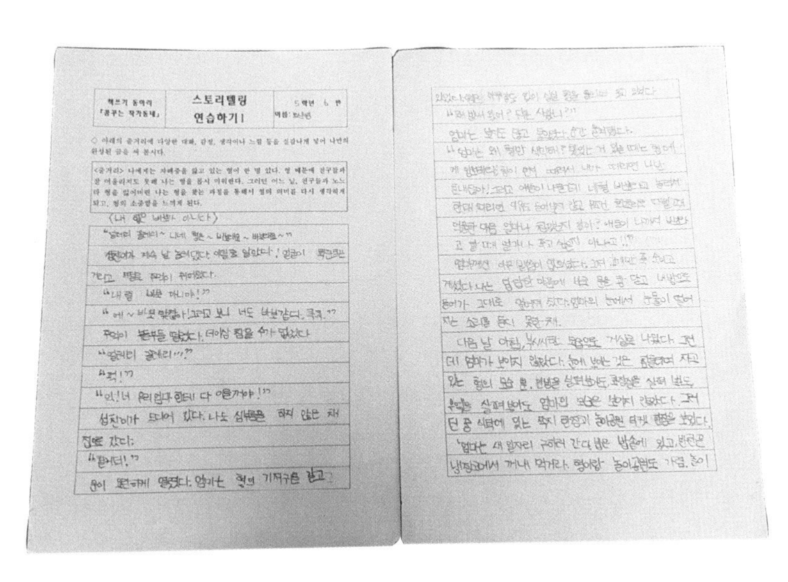

스토리텔링
연습하기1
5학년 6 반

2. 장르 정하기

◇ 진로 동화로 장르 정하기

다양한 글의 장르를 참고하여 어떤 장르를 정할지 선택을 한다. 학생들이 쓸 만한 글의 장르는 시와 시조, 동화*, 에세이 등 다양한 장르가 있고 그중에서 가장 원하는 장르를 선택할 수 있을 것이다. 각자 자신이 원하는 장르의 책 한 권씩을 쓰는 방법도 있을 것이고, 한 장르로 통일해서 한 가지 컨셉을 잡고 각자 쓴 이야기를 모아 한 권으로 책으로 엮어내는 방법도 있을 것이다. 책쓰기 동아리를 함께 했던 우리 아이들은 진로 동화라는 큰 울타리를 정하고 모두의 이야기를 모아 별이 되는 법이라는 주제로 책을 엮는 것을 원하였다.

* 동화도 음악 동화, 그림 동화, 역사 동화, 진로 동화 등 다양한 장르로 세분화될 수 있을 것이다.

3. 주제 정하기

◇ 각자 주제 정하기

다시 책쓰기 동아리 아이들과 모여 세부적인 주제를 논의하였다. 가능하면 각자 쓰고 싶은 내용이 완전히 겹치는 일은 없도록 협의를 해야 할 것이다. 각자의 관심을 가지고 있는 직업 영역에 대한 내용이 주제가 될 수 있다. 일러스트레이터, 화가, 경찰, 기자 등 자신이 관심 있는 분야라면 뭐든지 가능하다.

다행히도 아이들은 조금씩 서로 다른 분야를 제시하였고 미술에 관심이 있던 두 아이도 일러스트레이터와 의상 디자이너로 그 분야를 조금 더 세분화하여 겹치는 부분 없이 이야기를 쓸 수 있게 되었다. 역사동화를 쓸 때에는 자료가 적은 구석기 시대나 신석기 시대를 서로 맡지 않으려 하여 대화를 통해서 주제가 겹치지 않도록 조율했던 기억이 난다. 다양한 영역의 이야기를 쓰는 것이 독자의 흥미를 더욱 자극할 수 있을 것이다.

2장

내 삶의 빛깔을 글로 쓰기

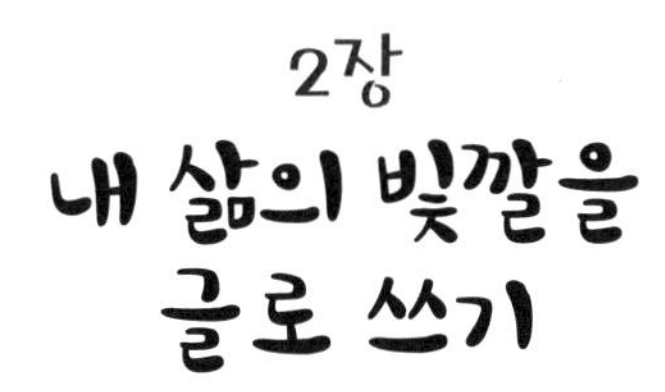

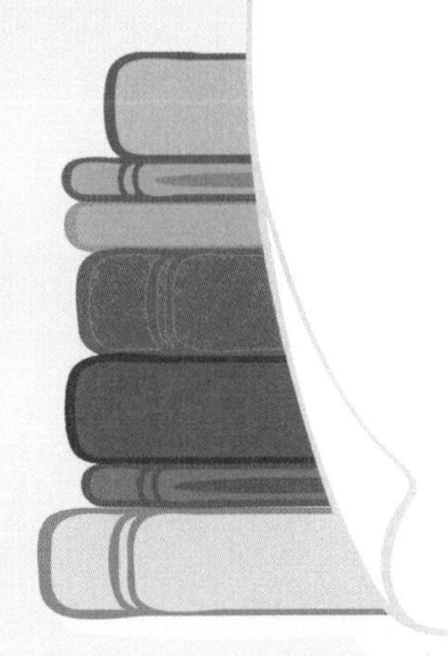

1. 자료 수집하기

◇ 도서관 탐색하기

주제가 정해졌으면 도서관을 직접 찾아가거나 스스로 인터넷을 검색하는 등 다양한 매체를 활용하여 관련 자료를 탐색하는 것이 중요하다.

방과후 학생들과 함께 학교 도서관이나 주변 도서관에 가서 관심있는 직업과 관련된 다양한 도서들을 찾아보며 간접경험을 할 수 있었다. 프로파일러가 되고 싶었던 한 학생은 근처 도서관에서 다양한 도서를 검색하여 프로파일러가 어떤 일을 하는지 알게 되었고, 자신이 미래에 프로파일러가 되는 꿈을 하나의 이야기로 만들어 내었다. 도서관에는 워낙 많은 책들이 있기 때문에 자신이 찾고 싶은 책을 사전에 검색하거나 조사해서 목적없이 도서관을 배회하는 일이 없도록 한다.

◇ 인터넷 검색하기

인터넷은 공간적 제약을 이겨내는 강력한 검색 시스템이다. 하지만 출처가 분명하지 않은 정보를 활용한다면 신뢰할 수 없는 글이 될 수 밖에 없다. 학생들에게 네이버 지식인과 같은 글을 작성자를 신뢰할 수 없기 때문에 활용에 주의를 요함을 알려준다. 전문가가 작성한 글이나 신뢰할 수 있는 기관에서 작성한 글을 활용하여 책쓰기를 할 수 있도록 한다.

일러스트레이터가 되고 싶었던 한 학생은 인터넷 검색을 통해 서울 종로에 부엉이 박물관이란 곳이 있다는 것을 알게 되었다. 부엉이 박물관 사이트를 돌아보던 중 부엉이 목걸이에서 영감을 얻어 '부엉이 목걸이'를 모티브로 이야기를 쓸 수 있었다.

책이 출판되고 우연히 삼청동에 갈 일이 있었던 나는 내비게이션을 이용해 부엉이 박물관을 검색하고, 직접 찾아가 보기에 이른다. 몇 번이고 학생과 함께 이야기를 쓰고 읽고 퇴고 했던 내가 직접 박물관에 가본 느낌은 너무나 설레었다. 이곳이 그 이야기의 모티브가 된 부엉이 박물관이란 말이지. 내가 직접 그 이야기를 썼었더라면 부엉이 박물관에 방문했을 때 정말 감회가 새로웠을 것 같다. 이런 심장 터질 것 같은 기분을 학생들이 직접 느껴보게 해주면 어떨까.

〈인터넷 검색을 통해 찾은 부엉이 박물관 사이트〉

부엉이박물관 박물관 블로그 리뷰 54

길찾기 거리뷰 공유

02-3210-2902

서울 종로구 북촌로 143 지번 삼청동 27-21 지도보기

매일 10:00 - 19:00
월요일 휴무 (공휴일인 경우 개관)

대인	5,000원	중,고	4,000원
3세~	3,000원		

◇ TV 프로그램 시청하기

미디어를 활용하여 정보를 얻는 방법 중 하나로 TV 프로그램의 시청이 있다. 우연히 TV를 보다가 발견할 수도 있고 편성표를 통한 TV 시청을 통해서도 가능하다. 그것은 뉴스가 될 수도 있고 다큐멘터리 일 수도 있다. 감흥을 주는 프로그램을 통해 흥미로운 스토리를 창작할 수 있다. 한 학생은 TV에서 방영하는 야생의 초원 세렝게티에 사는 치타에 대한 다큐멘터리를 보다가 문득 아기 치타를 떠올렸다. 내가 수의사가 되어 엄마를 잃은 아기치타를 도와준다면 어떻게 될까? 엄마를 잃은 아기치타는 결국 어려움을 어떻게 극복할 수 있을까? 이러한 생각이 꼬리에 꼬리를 잇고 하나의 훌륭한 글을 쓰게 만들었다.

◇ 전문가 인터뷰하기

도서관이나 인터넷에서 자료를 찾는 방법을 간접 경험이라고 한다면 반대로 관련인을 직접 인터뷰하여 책쓰기에 대한 영감을 얻는 방법도 가능하다. 이런 기회를 쉽게 얻기는 힘들겠지만 주변을 잘 살펴본다면 예상치 못하게 기회를 얻는 경우가 있다. 기자가 되고 싶었던 한 학생은 어머니와 함께 봉사활동을 갔다가 북한에서 탈북한 새터민을 만났다. 새터민이 어떤 일을 계기로 탈북하게 되었는지, 그 과정은 어떠했으며 지금 어떻게 살고 있는지 등을 새터민에게 직접 들었던 학생은 그것이 큰 계기가 되어 기자가 된 자신이 새터민을 인터뷰하는 이야기를 쓰게 된다. 그 학생이 쓴 이야기에서 새터민에 관해 묘사한 부분은 꽤나 사실적이어서 이야기의 흐름을 전혀 방해하지 않았고 몰입하는데 큰 도움이 되었다.

또 직접 메일을 보내거나 전화로 인터뷰 약속을 잡고 인터뷰 대상을 만나러 갈 수도 있다. 이 때에는 공손하고 의욕적인 말투로 인터뷰 할 대상이 인터뷰를 하고 싶은 마음을 갖게 만드는 것이 중요하다. 미리 인터뷰를 하기 전에 질문을 만드는 것이 매우 중요한데 질문의 질에 따라 인터뷰의 결과가 크게 달라지기 때문이다. 그리고 인터넷에서 찾을 수 있는 내용이라면 굳이 인터뷰를 통해 질문을 할 필요는 없을 것이다.

만약 탈북자에게 인터뷰를 한다면 다음과 같은 내용들을 질문할 수 있을 것이다.

1. 탈북을 하게 된 가장 큰 계기가 무엇입니까?
2. 북한에서의 생활이 어려웠던 점은 무엇입니까?
3. 남한과 북한에서의 삶이 가장 큰 차이점은 무엇입니까?
4. 남한에서의 생활 중 가장 좋은 점은 무엇입니까?
5. 남한에서의 생활 중 가장 어려운 점은 무엇입니까?
6. 앞으로 탈북을 결심하는 북한주민이 있다면 어떤 말을 해 주고 싶습니까?

다만 이러한 인터뷰는 사전에 인터뷰 대상이 동의한 내용들을 질문하되 사전에 동의가 되지 않은 내용이라면 대답하기 곤란하거나 난처한 부분이 있을 수도 있으므로 예의를 갖추어 동의를 구해야 한다.

이렇게 다양한 방법으로 수집한 자료들은 책을 쓸 때 효과적으로 활용할 수 있도록 정리하는 것이 중요한데 하나의 파일을 정하여 포트폴리오 형식으로 시간의 흐름에 따라 수집한 자료들을 모두 정리하였다. 잡지나 신문을 통해 수집한 자료들을 오려붙이고 출력한 내용을 정리하기도 하였다. 또 인터뷰한 내용이나 실제 체험했던 내용들을 차례차례 정리해두었다가 필요할 때마다 넘겨보는 것은 머리 속의 생각을 정리하여 글을 쓰고, 더 필요한 자료가 무엇인지 결정을 짓는데 큰 도움이 되었다.

〈직업별로 수집한 자료를 모은 포트폴리오〉

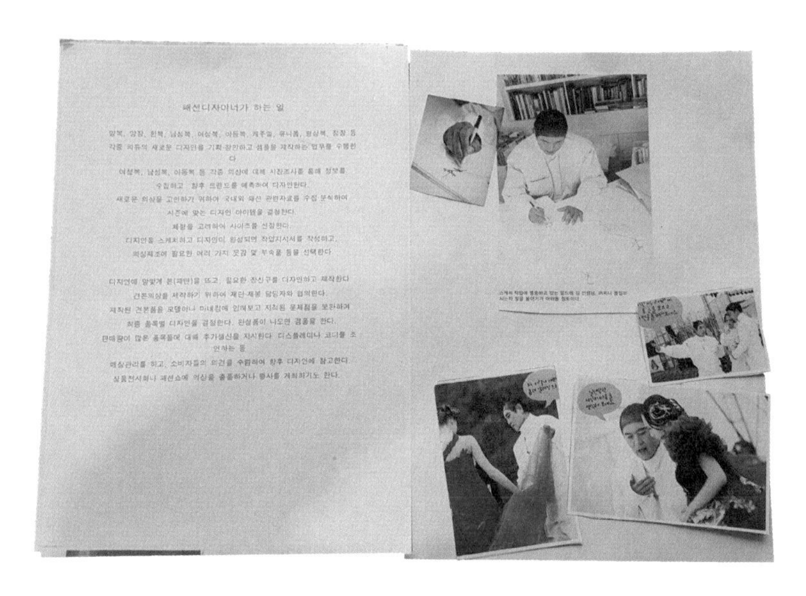

패션디자이너가 하는 일

양복, 양장, 한복, 남성복, 여성복, 아동복, 캐주얼, 유니폼, 평상복, 정장 등 각종 의류의 새로운 디자인을 기획·창안하고 샘플을 제작하는 업무를 수행한다

여성복, 남성복, 아동복 등 각종 의상에 대해 시장조사를 통해 정보를 수집하고 향후 트렌드를 예측하여 디자인한다.

새로운 의상을 고안하기 위하여 국내외 패션 관련자료를 수집 분석하여 시즌에 맞는 디자인 아이템을 결정한다.

체형을 고려하여 사이즈를 선정한다.

디자인을 스케치하고 디자인이 완성되면 작업지시서를 작성하고, 의상제조에 필요한 여러 가지 옷감 및 부속품 등을 선택한다

디자인에 알맞게 본(패턴)을 뜨고, 필요한 장신구를 디자인하고 제작한다

견본의상을 제작하기 위하여 재단·재봉 담당자와 협의한다.

제작된 견본품을 모델이나 마네킹에 입혀보고 지적된 문제점을 보완하여 최종 품목별 디자인을 결정한다. 완성품이 나오면 검품을 한다.

판매량이 많은 품목들에 대해 추가생산을 지시한다 디스플레이나 코디를 조언하는 등

매장관리를 하고, 소비자들의 의견을 수렴하여 향후 디자인에 참고한다.

상품전시회나 패션쇼에 의상을 출품하거나 행사를 개최하기도 한다.

2. 책의 뼈대 세우기

◇ 등장인물 만들기

주제를 정했다면 등장인물을 정한다. 등장인물은 나이와 성별뿐만 아니라 옷차림이나 외모까지 정확하게 정해야 이야기를 진행하는데 어려움이 없다. 가족관계나 다니는 학교, 사는 곳, 버릇까지도 구체적으로 정해져있어야 한다.

학생이 정한 인물 설명을 보면 털털하지만 약간 엉뚱한 면도 있다는 식으로 성격을 구체적으로 표현했으며, 큐비라는 아기 치타가 사람들에게서 총에 의해 엄마를 잃어버린 것까지 정확히 표현했다.

〈초등학생이 쓴 등장인물의 특징〉

이름	인물 설명
윤아람	-나이: 25세 -성격: 털털하고, 약간 엉뚱한 면도 있다. -좋아하는 것: 애완동물책, 연구하기 -싫어하는 것: 벌레들, 토마토 -독특한 특징: 고아이고, 동물 병원을 열 돈이 없어서 장학금으로 논문을 쓰는 데만 열중하고 있다.
큐비	-나이: 4개월 -성격: 작고 연약하다. -좋아하는 것: 아기 가젤 고기 -싫어하는 것: 사람들의 총 -독특한 특징: 총 때문에 사람들에게서 엄마를 잃어버렸다.

• 윤아람(안녕, 치타)

인물 모습(구체적으로)	인물 설명
	·이름: 윤아람 ·나이: 25살 ·성격: 탈탈하고, 약간 엉뚱한 면도 있다. ·인물이 좋아하는 것: 애완동물들, 책, 연구하는 것 ·인물이 싫어하는 것: 벌레들, 토마토 ·인물의 독특한 특징: 고아이고, 동물 병원을 열 돈이 없어 장학금으로 논문을 쓰는 데만 열중하고 있다.

→ '안녕, 치타'에서 어릴 때 부모님을 여의고 할머니와 함께 살아온 새내기 수의사 윤아람의 성격이 소탈하지만 약간 엉뚱한 면도 있음을 표현했다. 애완동물과 연구하는 것을 좋아하는 윤아람의 성격과 특별한 가정사가 세렝게티에서 자신과 비슷한 큐비를 만나고 공감 · 소통하면서 함께 성장해나가는 모습을 표현해나가기에 적합하다.

• 큐비(안녕, 치타)

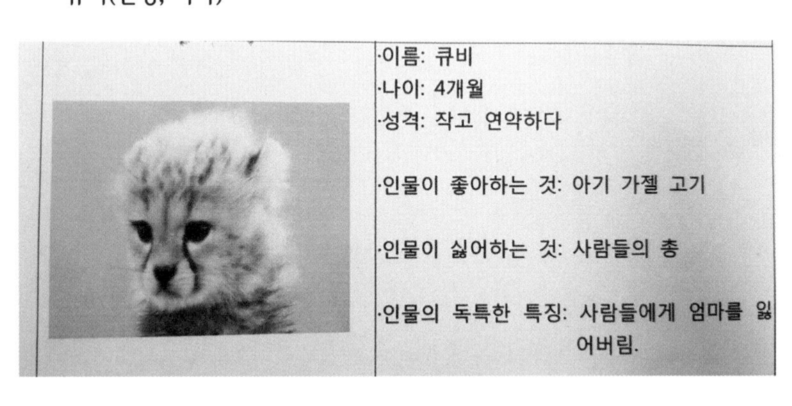

	·이름: 큐비 ·나이: 4개월 ·성격: 작고 연약하다 ·인물이 좋아하는 것: 아기 가젤 고기 ·인물이 싫어하는 것: 사람들의 총 ·인물의 독특한 특징: 사람들에게 엄마를 잃어버림.

→ '안녕, 치타'에서 윤아람의 관점과 큐비의 관점에서 이야기가 번갈아 전개될 정도로 이야기에서 큐비가 차지하는 비중이 크다. 윤아람 자신과 같은 처지로 분신이라 할 만큼 많이 닮아 있다. 엄마를 여의고 험난한 세렝게티에서 윤아람에게 의지하며 함께 점점 커가는 작고 연약한 큐비의 특징을 그림과 글로 표현했다.

또 다른 학생이 쓴 이야기의 등장인물은 유명한 미대를 나왔지만 진로를 정하지 못하고 배회하는 자신을 평가절하하는 특징을 지녔다. 하지만 또 다른 인물은 그에 반해 긍정적인 성격을 지니고 미술지도를 통해 주인공에게 자신감을 심어주는 성격임을 분명히 표현하였다.

〈초등학생이 쓴 등장인물의 특징〉

이름	인물 설명
강은결	–나이: 27세 –성격: 밝고 쾌활하다. –좋아하는 것: 그림 그리기 –싫어하는 것: (처음에만)자신 –독특한 특징: 수줍음이 많다. 눈이 무척 크다. 처음에는 자신감이 부족하다.
김 비리안	–나이: 25살 –성격: 긍정적이다. –좋아하는 것: 이 세상 모든 것 –싫어하는 것: 없음 –독특한 특징: 부엉이를 닮았다. 개성있고 자유롭다.

• 강은결(복을 물고 오는 부엉이 목걸이)

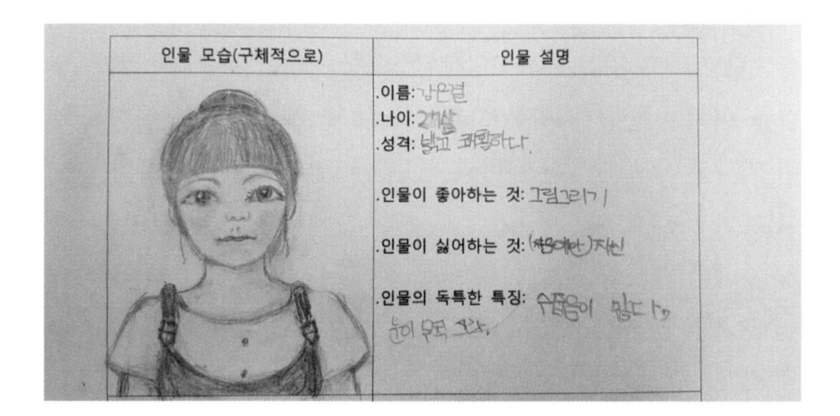

→ '복을 물고 오는 부엉이 목걸이'에서 주인공 강은결은 밝고 쾌활한 성격으로 그림 그리기를 좋아하지만 일이 생각만큼 잘 풀리지 않아 초반에는 자기 자신을 미워하던 인물이다. 강인한 의지와 주변의 도움을 통해 어려움을 스스로 극복하며 결국 이야기의 말미에서 부엉이 목걸이를 통해 스스로의 노력으로 고난을 이겨낸다는 작가의 메시지를 강하게 전한다.

• 김비리안(복을 물고 오는 부엉이 목걸이)

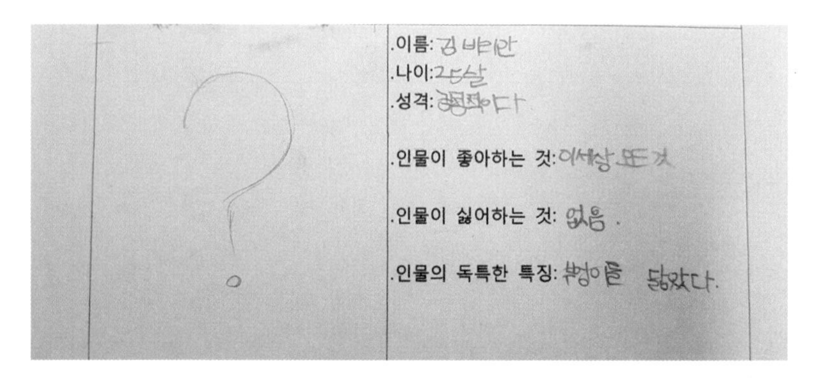

→ '복을 물고 오는 부엉이 목걸이'에서 자책하면서 일상을 살아가는 강은결이 자신감을 되찾을 수 있도록 옆에서 조용히 도와주는 역할을 맡았으므로 성격이 긍정적으로 묘사되어 있다. 또 독특한 특징으로 부엉이를 닮은 모습이 적혀 있어 강은결에게 자신감을 주는 부엉이 목걸이와 일맥상통하는 의미가 담겨 있는 인물이다.

◇ 이야기 그물 짜기

주제와 등장인물을 정한 뒤 해야 할 일은 글의 뼈대를 세우는 일이다. 이야기의 그물을 짜는 것은 '개요 짜기'나 한 방향의 마인드맵이라고 할 수 있다. 즉 줄거리를 조금 더 자세히, 세부적으로, 그물처럼 촘촘히 기록하는 것이다. 이야기 그물을 세밀하게 짜면 초고를 쓸 때 쉽게 완성되기도 한다.

종이 한가운데에 중심사건 혹은 대략적 흐름이 있는 몇 개의 사건을 띄엄띄엄 적어본다. 일단 띄엄띄엄 적힌 사건의 사이사이에 이어지는 사건을 쓴다. 꼭 순서대로 정확하고 완벽하게 쓸 필요 없이, 이야기의 그물을 잊지 않을 만큼, 그리고 논리적으로 맞을 만큼 짜두면 된다.

〈글의 뼈대를 세우는 이야기 그물 짜기〉

홍대 미대출신으로 공원에서 그림을 그리는 05학번 강한결

→ 부엉이 박물관을 우연히 방문 했다가 부엉이 엄마를 만나게 된다.

→ 엄마를 만나 미술 학원에 다니겠다고 말한다

↓ 부엉이 목걸이를 받았다.

↓ 아들의 이메일 주소를 알아서 이메일을 보냈다.

↓ '난 할 수 있어' 자신감을 가지라는 메일을 받았다

↓ 엄마의 따뜻한 문자를 받고 힘을 낸다.

↓ 학원에서 김비리안과 연습을 한다.

↓ 김비리안의 조언으로 그림을 완성해간다

← 공모전에 부엉이를 주제로 그림을 제출한다

← 라디오에서 김민우의 오방. 부정행위 이야기가 흘러나온다.

↓ 결국 공모전에서 수상을 하지 못하지만 낙심하지 않는다

→ 김민우에게 자신이 도움을 얻은 부엉이 목걸이를 주고 위로 한다.

3. 초고 쓰기

◇ 초고 써보기

모든 계획이 완성되면 이제 초고를 써야 한다. 초고는 최대한 빠르게 한 번에 쉬지 않고 쓰는 것이 좋다. 물론 긴 이야기를 한 번에 쓰는 것이 쉽지는 않겠지만 사전에 계획했던 등장인물과 사건에 대한 수많은 요소들이 관련성을 잃지 않도록 하나의 호흡으로 쓰고 나중에 부족한 부분은 천천히 수정해도 될 것이다.

〈초등학생이 쓴 진로동화 초고〉

① 복을 물고 오는 부엉이 목걸이(→일러스트레이터)

"손님, 마음에 드세요?"

나는 움직이지 않고 다소곳이 앉아 있던 긴 생머리의 여자 손님께 스케치북을 보여드렸다. 다행히도 마음에 드는지 여자 손님의 입꼬리가 슬며시 올라갔다.

"너무 마음에 들어요. 이렇게 잘 그리시는 걸 보니 미대 출신이 신가 봐요?"

그래, 미대 출신이다. 홍익 대학교 디자인학과 학번 05학번, 강은결. 꽤 알아주는 학력임에도 불구하고 회사에서는 날 받아주지 않았다. 나이가 너무 어리다, 빈자리가 없다는 이유도 있었지만 가장 큰 이유는 감정이 없는 그림을 그린다는 것이다.

"나도 그러고 싶어서 그렇게 그리는 줄 아나, 후우…….

혼잣말과 함께 한숨이 저절로 나왔다. 만약 그때 손님이 오지 않았다면 한숨을 열 번은 더 쉬었을 것이다.

땅거미가 지고 날이 어둑어둑해졌다. 나의 미니 봉고차의 트렁크에 스케치북과 이젤을 쑤셔 넣었다. 차 열쇠도 열쇠구멍에 쑤셔 넣고 시동을 걸고 공원을 빠져나왔다.

오늘따라 삼청동에서 길이 많이 밀렸다. 뭔 사고라도 났나 싶어 라디오를 틀어 보았다. 교통정보가 아닌 여덟시 뉴스가 흘러나왔다.

② 어두운 밤이 지나면 밝은 햇살이 찾아온다(→기자)

"그런 식으로 살지 마."

그는 얼음장보다 차갑고, 냉정하게 말했다. 떨리는 그의 손이 그가 매우 화가 났음을 쉽게 짐작하게 하였다.

"네? 무슨 말씀이신지……."

"당신, 그렇게 거짓말이나 해대면 직장 생활에 문제가 없을 줄 알았어? 당신, 북한 사람이지? 북한 사람 맞지? 솔직하게 얘기해!"

"아니에요. 저 진짜 북한 사람 아니에요."

"너, 새터민이라고 취직 안 되니깐 거짓말하고 우리 회사에 들어온 거 맞잖아! 다 알고 있으니까 솔직하게 얘기해."

순간 울컥했다. 물론 내가 북한 사람이라는 걸 숨기고 직장 생활을 해오긴 했지만 사실 우리 사무실의 동료들은 사실을 모두 알고 있다. 하나 다들 마음씨가 착한 사람들이라 나에게 잘 해주고 한솥밥 먹는 식구처럼 지내 왔다. 그러나 2주일 전, 젊은 아가씨로 팀장이 바뀌고부터 상황은 달라졌다. 평소에도 그 사람이 나를 말투가 어눌하고 촌스럽다는 이유로 무시하고 피하곤 했었는데, 내가 탈북자라는 사실을 알았나 보다. 소문에 그 여자가 회장의 외동딸이라고 하던데…….

"흐음, 끝까지 시치미 뗀다는 말이지. 김대리!"

"예, 회장님."

"이 여자 당장 끌고 나가."

나는 분하고 억울해서 얼굴이 빨개지고 문에 눈물이 차올랐지만 그 수치심보다도 어떻게든 살아야 한다는 생각이 더 절실했다.

③ 안녕, 치타(→수의사)

"띠르르르릉! 띠르르르릉!"

턱, 하는 소리와 함께 지겹도록 들은 띠르르르릉 소리가 멈췄다. 아무리 생각해 봐도 띠르르르릉 소리 나는 시계는 처음 본 것 같다. 떼르르르릉도 아니고. 하지만 너무 지겹도록 들은 소리라 뭐 이제는 띠르르르릉 울려도 그냥 무의식적으로 툭 끄고 다시 꿈속을 헤맨다. 하지만 가장 마지막 수단인 강아지가 밥 달라고 컹컹컹, 왈왈왈 짖어대는 소리가 나를 꿈 속에서 나오게 한다.

겨우 이불에서 탈출하면 이제 또 나를 잠에서 퍽,하고 깨우는 세수가 날 기다린다. 엄청 찬 물로 세수하다 보면 어느 새 잠이

깨게 되고, 그리고 이제야 내가 아침에 할 일이 생각난다. 애완동물 밥 주기, 너무 많아서 기억이 안 날 정도다. 그냥 우리 집을 동물원이라고 부르는 게 낫겠다. 서울특별시 무슨 동, 무슨 구, 몇 호라고 하는 것보다.

비좁지는 않지만 개 3마리 호미, 사비, 나미, 고양이 재기, 고슴도치 도라치, 잉꼬 꼬꼬랑 살려면 10평(33.057851제곱미터)은 좀 좁은 것 같다. 그래도 만족한다. 싸구려지만, 이만한 주택이 어디 있겠는가. 앞에 5평짜리 정원도 있고. 서울 시내 안에 초고층 빌딩 사이에 넣어진 장난감 같아, 그 느낌이 좋다. 뭔가 특별한 느낌.

④ 별이 빛나는 밤에(→의상 디자이너)

"아아악!"

나는 떨어지고 있었다. 아니다. 올라가고 있었을지도 모른다. 머리는 사람이 손으로 누르는 것 같았고 주위가 잘 보이지 않았다. 순간 폭신폭신한 곳으로 떨어졌다. 나는 주위를 둘러보았다. 뭐랄까 말로는 설명할 수 없는 색깔들이 주위를 돌면서 춤추고 있었다. 눈이 편안해지는 것 같았다.

"띠리리링"

갑자기 색깔들이 거울처럼 깨지기 시작하였다. 수천수만 개의 작은 유리 조각들이 머리 위로 쏟아지기 시작하였다. 그리고 갑자기 비가 내 얼굴에 내리기 시작했다. 나는 눈을 떴다. 강아지 '와와'가 내 얼굴을 정신없이 핥고 있었따. 와와는 시끄럽게 떠들어

대는 내 핸드폰을 밟고 있었다.

"저리가!"

신경질적으로 와와를 손으로 미쳐 내고는 기지개를 폈다.

'개의 입 냄새로 시작하는 아침, 이보다 더 나쁠 수 있을까?'

와와는 내가 뭐라고 하든 아무렇지도 않게 내 이불 속으로 꾸물꾸물 들어왔다.

"아, 진짜!"

⑤ 범죄 심리(→프로파일러)

2030.11.21. 저녁 11시.

한 부인이 어디를 향해 걷고 있었다. 그 뒤를 따라오는 한 남자. 그 남자는 사뿐사뿐 부인을 향해 걸어왔다. 부인이 뒤를 돌아보자 그 남자는 골목에 몸을 숨겼다. 부인이 고개를 돌리자 또다시 사뿐히 걸어와 반항하는 부인을 가뿐히 제압하더니 근처 뒷골목으로 끌고 가, 입에 무언가를 털어 넣었다.

2030.11.22. 새벽 5시.

그녀의 시체가 그녀의 집 벽난로 안에서 발견되었다. 그녀의 몸에는 흉기로 찔린 자국이 있었고 옷은 대부분 찢어져 있었다. 몸은 흉측하게 비틀어져 있었다.

"지난 22일, 캘리포니아 주에서 한 40대 초반의 여성 사체가 그녀의 집 벽난로에서 발견되었습니다. 그 여성의 신원은 아직 밝혀지지 않은 상태이며 몸에는 흉기로 몇 번이나 찔린 흔적이 있었고 옷은 대부분 찢어져 있었다고 합니다. 경찰은 그녀의 바지 주머니에서 여러 장의 사진이 발견돼, 그 사진의 내용을 알아보려 한다고 입장을 전하였습니다. 또한 경찰은 지금 목격자를 찾는 중이라며 빠른 시일 내에 범인을 잡을 수 있도록 수사에 최선을 다할 것이라고 하였습니다."

'흐음. 또 살인 사건이 일어났군. 흉기로 몇 번이나 찔렸고, 바지 주머니 속에는 사진이 들어 있었다…….'

3장

더 아름다운 책으로 완성하기

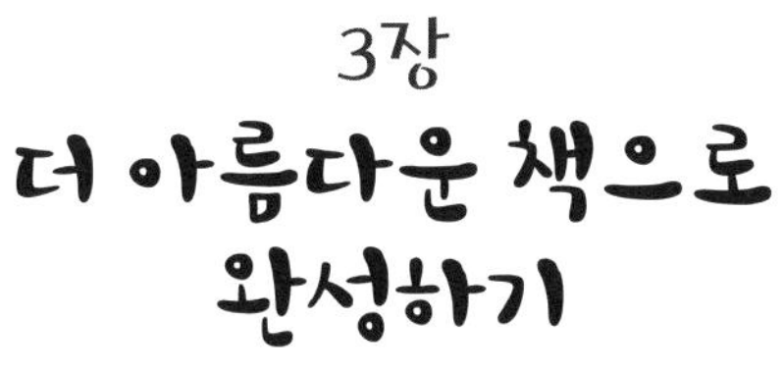

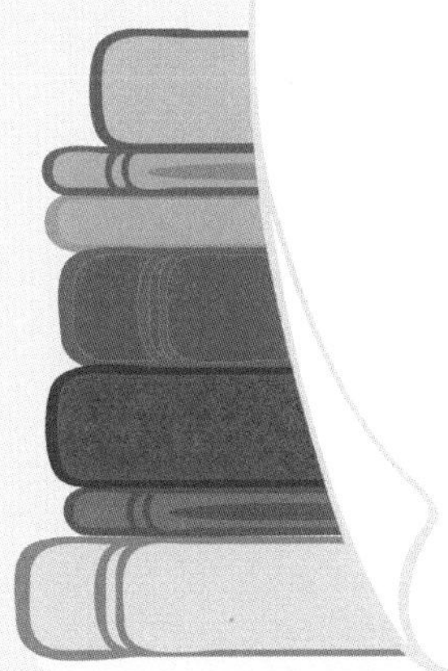

1. 퇴고하기

◇ 힘을 합쳐 퇴고하기

초고를 쓸 때에는 큰 고민없이 쉬지 않고 쭉 쓰는 것이 좋다고 하였다. 쓴 글을 교정하기 위해서는 여러 단계의 활동이 필요하다. 가장 먼저 글을 쓴 본인이 다시 읽어보고 교정을 할 수 있다. 전체적인 내용을 먼저 살펴보고 부분적인 것들을 고쳐 쓸 수 있다. 처음에 계획했던 이야기 그물에 맞게 이야기를 썼는지 스스로 확인하는 것이다. 계획과 맞지 않는 부분이 있다면 글을 완전히 수정해야 될 수도 있고 부분적으로만 고쳐 쓰면 될 수도 있다.

또 이제 맞춤법 검사기 등을 활용하여 맞춤법까지 확인해야 한다. 인터넷 게시판 등을 활용해서 쓴 글을 붙여 넣어보면 맞춤법이 맞지 않은 부분이 밑줄이 그어질 수 있다. 또 국립국어원 사이트에서 맞춤법에 맞는지 스스로 찾아서 확인해 볼 수도 있다. 어떤 부분을 고쳐써야 할지 막막하다면 소리 내어 읽어보는 것도 큰 도움이 된다.

그리고 다른 사람이 예비 독자가 되어 읽어보며 고쳐줄 수 있는데 친구들끼리 돌려 읽으며 의견을 낼 수도 있고, 선생님이 읽으면서 도움을 줄 수도 있다.

퇴고를 할 때 살펴보아야 하는 부분은 다음과 같다.

1. 전체 내용이 하나의 주제를 향해 나아가고 있는가?

2. 삭제해야 할 부분은 없는가?
3. 주어와 서술어가 호응되는가?
4. 맞춤법에 어긋나는 단어나 문장은 없는가?
5. 지나치게 긴 문장은 없는가?
6. 반복적으로 사용되는 단어나 문장은 없는가?

〈초등학생들이 붙임 쪽지를 붙여 퇴고해 준 초안〉

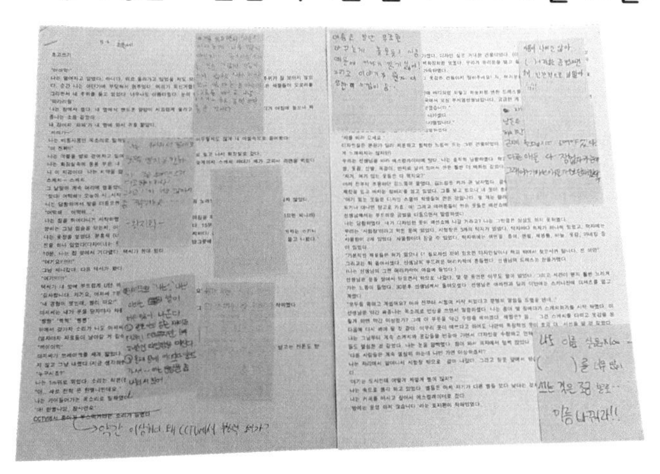

〈초등학생들이 퇴고해 준 붙임 쪽지에 적혀 있던 말들〉

!가 너무 많이 들어 있어서 빼야 할 것 같아.
'나는'이라는 말이 너무 많은 게 아닐까. 꼭 '나는'을 넣지 않아도 내가 글을 쓰고 있다는 것을 아니까 빼도 좋을 것 같아.
네 꿈이 디자이너라는 건 확실히 드러났는데 이야기에 자연스럽지 못한 부분이 있어.
차가 서는 소리, 주변의 소리는 잘 표현했는데 (　　　)로 표현한 부분은 빼는 것이 더 자연스러울 것 같아.

2. 제목, 목차, 삽화, 표지 정하기

◇ 제목, 목차 정하기

이야기의 주제가 가장 잘 드러날 수 있는 제목을 정한다. 이야기의 핵심 소재로 제목을 정해도 되고, 이야기의 주제를 문장으로 정해도 될 것이다. 학생들이 지은 제목은 소재와 주제가 잘 드러나는 '복을 물고 오는 부엉이 목걸이', '안녕, 치타' 등이 있다.

그리고 학생 개인의 작품을 여러 개 묶어서 하나의 책을 엮어낼 때에는 학생들의 작품을 대표할 만한 제목을 협의하여 정할 수 있다. 우리가 지었던 책의 처음 제목은 '별이 되는 법'이었다. 이것은 자신의 꿈을 향해 한 걸음씩 나아가고 있는 학생들의 이야기를 대표할만한 제목이라고 생각했기 때문이다. 그리고 추후 출판시에는 출판사와 상의하여 학생들의 작품 중 대표작을 동화집 제목으로 정하였다. 어느 쪽이든 학생들이 원하는 바를 잘 나타낼 수 있는 방법으로 선택하면 좋을 것이다.

또 책의 구성을 생각해서 목차를 정한다. 목차는 읽을 책을 선택할 때에 제목, 표지와 함께 제일 가장 살펴보는 중요한 부분이다. 목차만 보아도 글의 내용이 한 눈에 드러나게 핵심 내용이 잘 들어가게 작성한다. 만약 여러 학생들이 쓴 이야기를 하나의 책으로 묶는다면 어떤 순서로 이야기를 실을지 잘 생각해서 정해야 한다.

〈'안녕, 치타' 이야기의 목차〉

1. 진실한 친구 하나 둘 셋.(아람이의 이야기)
2. 엄마라고 해본다(아기 치타의 이야기)
3. 빛나는 별(아람이의 이야기)
4. 빈자리(아기 치타의 이야기)
5. 빵처럼(아람이의 이야기)
6. 따뜻한 온기(큐비의 이야기)
7. 헤어지다(아람이의 이야기)
8. 야생이 살아 숨쉬는 그 곳
9. 사라지다(아람이의 이야기)
10. 눈을 감고(큐비의 이야기)
11. 1년 뒤

→ 아람이와 큐비의 이야기가 번갈아 나오며 목차만 보아도 아람이와 큐비가 쓸쓸하고 외롭게 살아간다는 것을 알 수 있다. 아람이와 큐비는 서로 위로가 되어주며 야생에서 점점 진정한 자신을 키워나간다는 전체적인 스토리를 대략적으로 파악할 수 있다.

〈'복을 물고 오는 부엉이 목걸이' 책의 목차〉

01 어두운 밤이 지나면 밝은 햇살이 찾아온다_황지희
02 안녕, 치타_김가현
03 복을 물고 오는 부엉이 목걸이_오신영
04 별이 빛나는 밤에_최원세
05 범죄 심리_이경아

→ 5명의 학생들이 쓴 이야기를 하나의 책으로 엮어내기 위해서 학생들과의 협의를 통해 나름의 순서를 정하고 목차를 완성하였다. 글의 배치 순서는 최대한 독자의 입장을 고려하였다.

◇ 삽화, 표지 그리기

삽화는 전체 글의 분량을 고려하여 몇 개 정도 그릴지 먼저 정한다. 칼라 그림이 몇 개인지에 따라 인쇄소의 인쇄 금액이 달라질 수도 있으니 이러한 점을 감안할 수도 있다. 또 그림이 중심이 되는 그림책이라면 삽화의 수를 많이 늘릴 수 있다. 삽화를 책의 아래에 배치할지 한 면 전체에 넣을지 글의 중간에 넣을지 등 위치와 크기도 고려의 대상이다. 삽화는 최대한 고화질로 준비되어야 인쇄할 때 화질이 저하되지 않기 때문에 최소한 A4 크기 정도로 선명하게 그려 준비한다.

삽화는 손으로 그릴 수도 있고 컴퓨터나 휴대폰, 아이패드 같은 기계로 그릴 수도 있다. 손으로 삽화를 그릴 재료는 연필, 색연필, 싸인펜, 크레파스, 수채물감, 먹물 등 다양하게 사용될 수 있으며 색종이, 색한지, 신문지, 판화 등 여러 가지 입체적인 방법들도 사용될 수 있다. 이야기의 분위기를 가장 효과적으로 드러낼 수 있는 방법으로 삽화를 준비해야 한다.

〈'별이 빛나는 밤에' 동화 삽화〉

→색깔은 넣지 않고 흰 바탕에 검은 펜을 사용하여 선명한 시각 효과를 노렸다. 30쪽 정도의 글에 6개 정도의 그림을 그려 삽화로 사용했으며 크기는 최대한 작게 넣었다.

표지는 표지에 담긴 의미와 글자체, 이미지의 색상 등 여러 가지 측면을 고려해야 한다. 학생들이 꿈꾸는 밝고 아름다운 미래를 표지에서 한 눈에 보여주려면 그에 상응하는 제목과 표지 이미지를 디자인해야 한다. 학생들이 그린 그림을 표지로 사용하기도 하는데 여러 학생들이 힘을 합쳐서 하나의 표지를 완성할 수도 있고, 한 명 학생이 그린 그림을 표지로 사용할 수도 있다.

<'복을 물고 오는 부엉이 목걸이' 표지>

→ 동화의 표지에는 일러스트레이터를 꿈꾸는 학생이 신문지와 물감을 이용한 콜라주 기법으로 만든 부엉이를 중간에 넣었다. 그리고 배경은 출판사에서 조금 디자인을 도와주어 멋진 동화책의 표지가 완성되었다.

3. 저자소개, 서문, 추천글 쓰기

◇ 저자소개 쓰기

글과 삽화가 모두 완성되었으며 책날개 부분에 넣을 저자 소개를 작성한다. 지도교사 소개에는 소속, 이름, 주요 활동 경력, 출판도서 등의 내용을 작성하고, 학생 소개에는 소속 동아리, 학반, 이름, 특징 등의 내용을 간략하게 작성하여 책날개 부분을 펼쳤을 때 큰 분량을 차지하지 않으면서 한눈에 볼 수 있도록 한다.

저자들의 사진을 넣을 수도 있고 캐릭터처럼 그림으로 그려서 나타낼 수 있으며 더 나타내고 싶은 특징들이 있다면 각 저자별로 좀더 자세하게 작성을 할 수도 있다.

〈'복을 물고오는 부엉이 목걸이' 저자 소개〉

책쓰기 동아리를 지도하신 선생님은
최유진 선생님으로 동아리 친구들에게 글쓰기를 열심히 가르쳐 주셨어요.

이 동화집에 담긴 동화를 쓴 친구들은
대구경동초등학교에 다니는 황지희 · 김가현 · 오신영 · 최원세 · 이경아로 책쓰기 동아리에서 활동했어요.

이 동화집에 담긴 그림을 그린 친구들은
대구경동초등학교에 다니는 황지희 · 김가현 · 오신영 · 최원세로 자신의 동화 삽화를 직접 그리거나 친구를 도와 그림을 그려 주었어요.

◇ 서문 쓰기

서문은 책의 가장 앞부분에 위치할 내용으로 이야기를 읽기 전에 알아두면 도움이 될 만한 내용으로 작성한다. 크게 정해진 양식은 없지만 작가가 책을 쓰게 된 동기와 과정, 독자에게 당부하고 싶은 말, 이 책을 읽으면 독자가 어떤 것을 얻게 될지 등의 내용을 쓰면 되고 초등학생의 경우에는 1-2쪽 정도의 분량으로 하면 될 것이다.

서문을 읽으면 독자는 작가가 이 책을 통해서 어떤 이야기를 하고 싶은지 단번에 파악할 수 있다. 작가가 이런 점들을 고려해 책을 썼음을 단도직입적으로 말해주는 부분이기 때문이다. 꼭 하고 싶은 말을 잘 간추려서 적는다면 책을 읽으려는 독자에게 큰 도움이 될 것이다.

아래의 서문을 보면 오신영은 책쓰기 동아리에 들고 책을 쓰게 된 동기부터 책을 쓰고 난 소감 등을 적었으며 김가현은 책을 쓰게 된 동기와 독자가 이 책을 읽음으로써 얻기를 바라는 내용을 명확히 제시하였다. 또 황지희는 책을 쓰게 된 동기와 과정을 상세하게 적었으며 그 과정에서 어떤 어려움을 겪었는지까지 자세히 기술하였다. 이 서문을 먼저 읽으면 이야기에 대한 배경지식을 갖게 되어 이야기 내용을 파악하고 작가의 의도를 파악하는 것이 훨씬 수월할 것이다.

〈초등학생이 쓴 서문〉

"이건 이렇게 고치면 좋을 텐데……."
간혹 책을 읽다가 이런 생각이 든 적이 있었습니다. 조금만 더 수정했더라면 몇 십 배나 더 나은 책이 될 수 있었는데 하며 안타까워하기만 했지요. 그런데 유난히도 더웠던 이번 여름, 더위 따위 저리가라 하는 시원한 기회가 찾아왔습니다. '책쓰기 동아리에 초대합니다'라고 적힌 종이를 받은 거에요! 내가 책을 쓴다니! 너무 기쁜 나머지 거짓말을 보태서 같은 동아리에 든 친구와 손을 붙잡고 하루 동안 팔짝팔짝 뛰었던 기억도 나네요. (중략)
흠, 오랜만에 말하니 좀 쑥스럽군요. 이 글을 쓰면서 부모님께 감사하다는 생각이 많이 들었다는 말을 하고 싶었어요. 제가 이런 멋진 일을 할 수 있게 저를 낳아 주셨으니 말이에요. 그렇다고 부모님께만 감사한 건 아니에요. 저에게 아이디어와 조언을 준 책쓰기 동아리 친구들도 얼마나 고맙게 생각하고 있는지 모르실걸요? 아참, 선생님도 빼먹으면 안 되겠죠?
"선생님, 선생님의 모든 것에 감사드려요!"

2011년 11월 26일
유난히도 바람이 선선한 날에
〈오신영〉

이 이야기를 쓰면서 항상 이런 생각을 하였습니다. 내가 진짜 수의사가 되어서의 모습. 과연 어떨까? 하는 의문을 품었지요. 그 의문이 바로 이 책을 쓰는 계기가 되었을 지도 모릅니다. 글을 통해서 제 자신의 미래에 대해 표현하고 싶었겠지요. (후략)

〈김가현〉

책쓰기 동아리는 뜻깊은 추억이 되었다. 처음에는 걱정을 했었다. 다른 친구들은 잘 하는데 나 혼자 따라가지 못할까 봐. 하지만 나도 열심히 썼고 글쓰는 실력이 늘었다고 자부한다.
어느 날, 자원봉사를 하러간 곳에서 북한 여성을 만나게 되었다. 그날 이후로 나는 북한 새터민에 대한 관심을 갖고 새터민들이 직접 쓴 글을 올리는 홈페이지에서 눈시울을 적실 만한 사연들을 읽게 되었다. 이 글들을 보고 내 꿈인 방송 PD와 연관 지어 새터민에 관한 글을 써보자는 생각이 떠올랐다.
하지만 결코 쉬운 일은 아니었다. 조사할 양이 너무 많았고, 방송 PD와 어떻게 연관지어야 하는지 고민을 많이 했다. 하지만 즐겁게 글을 썼던 것 같다. 내가 작가가 된다는 들뜬 마음에 누구보다도 재미있는 글을 쓰고 싶어서 원고를 수십 번은 넘게 쓰고 지우고 한 것 같다. 그만큼 뿌듯한 나의 결과물이다.
친구들을 비롯한 언니, 좋은 글이 나올 수 있게 도와주신 선생님께 감사의 말씀을 전한다.

〈황지희〉

〈'어두운 밤이 지나면 밝은 햇살이 찾아온다'의 서문〉

책쓰기 동아리는 뜻 깊은 추억이 되었다. 처음에는 걱정을 했었다. 다른 친구들은 잘 하는데 나 혼자 따라가지 못할까 봐. 하지만 나도 열심히 썼고, 글 쓰는 실력이 늘었다고 자부한다.

어느 날, 자원봉사를 하러 간 곳에서 북한 여성을 만나게 되었다. 그날 이후로 나는 북한 새터민에 대한 관심을 갖고 새터민들이 직접 글을 올리는 홈페이지에서 눈시울을 적실 만한 사연들을 읽게 되었다. 이 글들을 보고 내 꿈인 방송 PD와 연관 지어 새터민에 관한 글을 써 보자는 생각이 떠올랐다.

하지만 결코 쉬운 일은 아니었다. 조사할 양이 너무 많았고, 방송 PD와 어떻게 연관 지어야 하는지 고민을 많이 했었다. 하지만 즐겁게 글을 썼던 것 같다. 내가 작가가 된다는 들뜬 마음에 누구보다도 재미있는 글을 쓰고 싶어서 원고를 수십 번을 넘게 쓰고 지우고 한 것 같다. 그만큼 뿌듯한 나의 결과물이다.

주원이와 문경이, 서영이를 비롯한 친구들, 언니, 함께 고생한 책쓰기 동아리 친구들, 좋은 글이 나올 수 있게 도와주신 선생님께감사의 말을 전한다.

◇ 추천글 쓰기

내가 쓴 책의 어떤 점이 훌륭한지 독자들에게 홍보하고 싶다면 전문가에게 추천하는 글을 받아서 책의 띠지나 뒷부분 등에 인쇄를 하면 좋을 것이다. 상황이 쉽지 않다면 책쓰기 지도 교사가 직접 책의 중요한 부분, 추천하는 이유 등을 몇 개의 문장으로 작성하여 독자가 책을 읽을지 말지 결정할 때에 큰 도움이 될 수 있도록 한다.

혹시 책쓰기 분야와 관련하여 도움을 받을 수 있는 전문가가 있다면 (예를 들어 동화작가이신 선생님이나 책을 출판해본 경험이 있으신 교장선생님 등) 먼저 책을 읽어보시도록 요청 드리고 추천의 글을 받아서 책의 한 부분에 배치함으로써 책에 대한 신뢰도를 더욱 증가시킬 수 있을 것이다. 우리 책쓰기 동아리는 지도 교사의 추천글을 아래와 같이 작성하였다.

"애들아, 책 한번 써 볼래?"
"선생님, 저희가 어떻게 책을 써요. 작가도 아니고."

처음엔 말도 안 된다고 하던 아이들이 여름방학이 끝나고 각각의 다양한 꿈이 담긴 개성 넘치는 작품을 가져왔다. 동화집에 실린 글은 다섯 명의 초등학생들이 책쓰기 동아리를 통해 긴 시간 동안 직접 자료를 조사하고 구상하여 써낸 값진 다섯 편의 동화이다.
이 책을 통해 미래 각 분야에서 별이 되고 싶은 많은 초등학생들이 간접적으로나마 직업에 대해 경험하면서 꿈을 키워나가는 계기를 마련할 수 있을 것이다.
이 동화집이 마음 속에 있는 자신만의 별을 찾을 수 있는 계기가 되기를 진심으로 바란다.

〈'복을 물고 오는 부엉이 목걸이'의 지도 교사 추천글〉

"얘들아, 책 한번 써 볼래?"
"선생님, 저희가 어떻게 책을 써요. 작가도 아니고."

처음엔 말도 안 된다고 하던 아이들은 여름방학이 끝나고 각각의 다양한 꿈이 담긴 개성 넘치는 작품을 가져왔다. 동화집에 실린 글은 다섯 명의 초등학생들이 책쓰기 동아리를 통해 긴 시간 동안 직접 자료를 조사하고 구상하여 써낸 값진 다섯 편의 동화이다.

이 책을 통해 미래 각 분야에서 별이 되고 싶은 많은 초등학생들이 간접적으로나마 직업에 대해 경험하면서 꿈을 키워 나가는 계기를 마련할 수 있을 것이다.

이 동화집이 마음속에 있는 자신만의 별을 찾을 수 있는 계기가 되기를 진심으로 바란다.

최유진 (대구경동초등학교 교사)

인생을 바꾸는 책쓰기

매년 새로운 아이들을 만날 때마다 설레는 마음은 다르지 않다. 한 명 한 명 찬찬히 살펴보면서 이 아이는 어떤 아름다움을 간직하고 있는지 눈여겨본다. 한 해 동안 그 아이들이 가진 특성에 맞게 책을 읽고 그 아이들과 함께 삶을 아름답게 가꿀 생각을 하는 것은 언제나 행복하다. 그것은 그 누구도 같은 삶을 살고 있지 않기 때문에 더욱 두근거리는 일인 것이다.

책쓰기의 과정은 분명 멀고 먼 여정이다. 한 과정도 소홀하게 지나쳐서는 안된다. 단지 재미있는 소재를 찾았다고 해서 책쓰기의 기반을 다지지 않고 글을 쓰다보면, 예를 들어 생각 그물을 짜는 단계를 거치지 않고 글을 쓴다면 그 글을 처음부터 다시 쓰는 일이 발생할 수도 있게 된다. 그런 불상사가 생기지 않도록 처음부터 차근차근 주제를 정하고 자료를 수집하여 책쓰기를 한다면 결국 내가 진정으로 원하는 삶이 무엇인지 조금씩 깨닫게 될 수 있다.

요즘을 살아가는 많은 아이들은 내가 진정 무엇을 좋아하는지에 큰 관심이 없다. 학교 공부를 하고 학원을 성실하게 다니는 것이 최선이라 여기는 경우가 꽤 많다. 책을 한 권 쓴다는 결정을 내리게 되면 그 때부터 수많은 방법을 통해 나를 진짜 행복하게 만드는 것이 무엇인지 탐색하게 된다. 마음 속에서 들리는 나의 실제 목소리에 귀를 기울이게 되고 결국 나의 진정한 모습을 알아가게 되는 것이다.

내가 항상 아이들에게 이야기하는 것은 진정 너를 행복하게 만드는 것이 무엇인지를 항상 찾아보라는 것이다. 그 시절의 나는 공부를 열심히 하는 것이 최선이라 여겼고 결국 내가 진짜 좋아하는 것을 찾아야할 시기에 상당한 어려움을 겪었다. 그 때 느낀 것이 단지 공부를 많이 하는 것이 중요한 게 아니라 내가 정말 행복한 길을 찾는 것이 중요하다는 것이다. 그러기 위해서는 내가 조금이라도 관심이 생기는 다양한 분야를 폭넓게 경험해보는 것이 필요하다. 박물관도 가보고 천문대도 가보고 물고기도 잡아보는 수많은 경험들 속에서 나의 마음이 부르는 소리에 조금씩 귀를 기울이게 될 것이다. 그것이 바로 행복이 아닐까 싶다.

나를 아는 것은 그 어떤 것보다 값지고 삶의 바탕이 되는 것이다. 책쓰기로 자신을 찬찬히 살펴본 학생들은 언제든 서두르지 않았다. 눈빛이 안정되어있고 스스로 해낼 수 있다는 믿음을 항상 가지고 있었다. 책쓰기가 가져다주는 이러한 성취감, 자기 효능감을 가지고 하루하루를 살아가는 학생들의 마음에는 행복의 향기가 가득할 것이다.

★별★별 책쓰기

★별 셋

음악과 함께하는 꿈동화

음악과 함께하는 꿈동화

황성경

딩동댕~!

신나는 음악 이야기

현재 강동초등학교에 6학년 담임을 맡고 있으며 음악과 책, 커피를 사랑하는 교사이다.

자칭 빗자루선생님으로 오늘도 빗자루를 들고 아이들과 함께 생활하고 있다. 아이들의 지저분만 자리만 쓰는 것이 아니라 뒤죽박죽 어지러운 마음까지 깨끗하게 쓸어주고 싶은 마음으로 오늘도 빗자루를 들고 싹싹 신나게 쓸고 있다.

교사생활 24년이 지나가고 있다. 12년 동안 각종 부장교사에 승진하라는 주변의 압박에, 성실히 자녀를 돌봐야 한다는 책임감에 정말 빡세게 살아온 날들이었다.

아침에 "선생님, 안녕하세요!" 인사하는 사랑하는 아이들을 만날 때면 아직도 두근두근 거리는 행복한 교사이기도 하지만 40대가 끝나가고 있어서일까? 웬일인지 마음이 허전해지기 시작했다.

'내가 왜 살고 있지? 내 삶의 의미는 무엇일까?'

TV를 보면 다른 사람들도 일찍이 나와 같은 질문을 하며 새로운 꿈을 찾아가는 모습을 볼 수 있었는데, 나는 아직도 제자리인 것 같아 견딜 수 없이 쓸쓸하였다.

늘 글이 쓰고 싶었다.

교육대학교가 아닌 국문과를 가서 글쓰기를 하고 싶었지만 삶이 나를 그렇게 만들어두지 않았다. 사명감으로 20년 넘도록 교직생활과 가정을 돌보며 살아왔지만 그 꿈을 한 번도 잊은 적이 없었다.

우연히도 책쓰기 워크숍을 만나 그동안 마음 속 깊이 넣어두었던 글쓰기의 꿈을 다시 마주하게 되었다. 글쓰기가 나의 삶에 위로와 평안을 주리라 믿어 의심치 않는다. 드디어 주변을 물리치고 나만을 오롯이 바라보게 되었으므로……

책쓰기를 두려워하고 지겨워하는 아이들을 위해 작은 도움이 될까 해서 이 글을 시작하였다. 단순히 글을 쓰라고 하면 남자 아이들은 반쯤 넋이 나간채로 앉아 있기 십상이다. 음악과 연결해서 재미있는 이야기를 만들어보라고 하였더니 제법 써나가기 시작했다. 아직은 글 속에 자신의 생각을 담아내진 못했지만 시작이 반! 다음 번 이야기를 쓸 때 아이들은 분명히 달라져 있을 것이다.

부족한 글이지만 생활지수 꽝인 남편과 사랑하는 두 딸에게 이 책을 바친다.

2018.11.23.
만추에 경주에서

● 프롤로그. 삶을 가꾸는 책쓰기

1장_ 음악 이야기가 뭐지?

1. 음악 이야기가 왜 필요한가요?

2장_ 음악 이야기 책을 만들어 볼까?

1. 음악 이야기는 어떻게 만들지?
   - 가. 주제 선택하기
   - 나. 콘셉트 정하기
   - 다. 표지 만들기
   - 라. 이야기와 그림 배치하기
   - 마. 음악으로 나타낼 부분 표시하기

3장_ 음악 이야기 활용하기

1. 발표하고 감상 소감 나누기

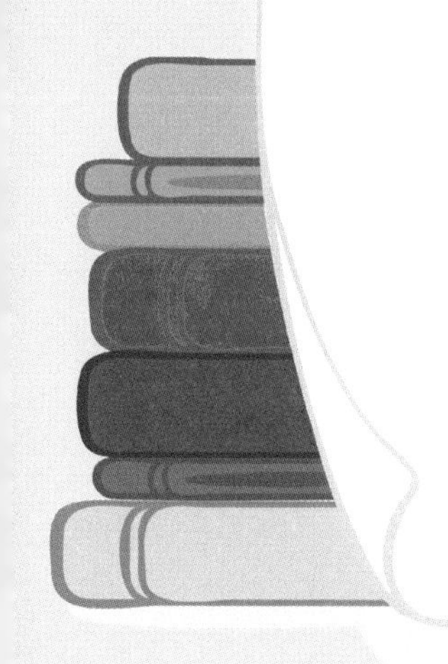

1장

음악 이야기가 뭐지?

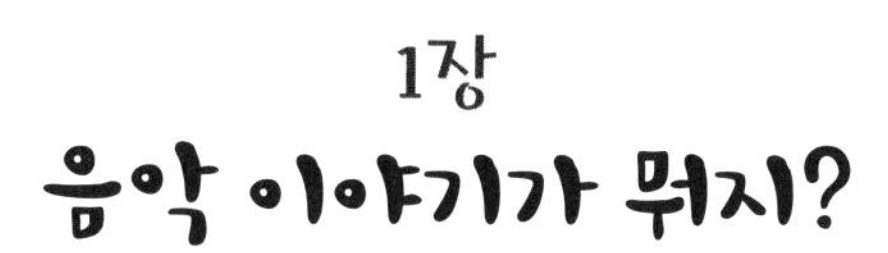

1. 음악 이야기가 왜 필요한가요?

빗자루쌤 Talk

○빗자루 선생님, 음악 이야기가 뭔가요?

이야기를 읽거나 들으면서 음악으로 표현해 볼 수 있는 이야기를 말해요!

이야기를 들려줄 때 음악과 함께 읽어주면 집중할 수 있고 훨씬 재미있게 들을 수 있답니다!

왁자지껄! 새롭게 만드는 음악 이야기

음악 시간이었다. '물방울의 여행' 노래를 배우는 시간이었다. 물방울이 여행하며 환경 문제를 경험하는 스토리가 노래로 만들어졌음을 알고 아이들이 신나게 불렀다. 특정 장면을 정해 음악으로 표현해 보는 활동이 있었는데, 아이들이 신기한 악기로 이야기 장면을 표현하는 활동을 무척 재미있어 하였다. 하지만 이야기 내용이 제한적이어서 아쉬운 부분이 많았다.

"얘들아! 너희들이 이야기를 직접 만들어보는 건 어때?"

"네? 직접 이야기를 만든다고요?"

"그래, 너희들이 이야기를 직접 만들어서 한번 표현해 보렴. 그럼 더 다양하게 표현할 수 있지 않을까?"

"에이, 무슨 이야기를 쓴단 말이에요?"

"국어 시간에 이야기 상상하기 수업 했었잖니? 너희들은 충분히 쓸 수 있을 것 같은데?"

아이들은 반신반의했지만 선생님의 지도에 따라 직접 이야기를 만들기 시작했다. 주제는 교과서에서 배운 내용이나 새롭게 창작한 이야기도 좋다고 하였다. 대신 음악적으로 표현할 수 있는 표현들, 상황들을 많이 넣어야 한다고 하였다.

"얘들아, 직접 만든 이야기를 화요 이야기 읽어주는 날 2학년 동생들에게 들려주면 어떨까? 너희들이 직접 만들고 음악으로 표현도 해주면 동생들이 무척 좋아할 것 같은데, 어떠니?"
"어? 정말요? 우리가 발표할 수 있어요?"
"물론이지. 사서선생님께 말씀드려서 너희들이 직접 읽어주고 사이사이 음악으로 표현해서 들려주도록 허락받아볼게."

평소 의욕이 넘치는 우리반 시현이가 눈이 크게 뜨면서 파이팅을 날렸다. 무언가 나서고 싶어 안달인 아이가 드디어 목표를 찾았나보다.

"오예! 신난다!"

음악 이야기 만들기는 아이들의 생각을 이끌어내기에 효과가 좋다. 그냥 이야기만 쓰기보다 음악으로 표현해낸다고 생각하면 소리로 표현되는 낱말들을 고민해서 추가하거나 새롭게 상황들을 만들어낸다. 아이들의 창작능력이 발휘되는 순간이다.

음악 이야기, 한번 도전해 볼 만하지 않은가!

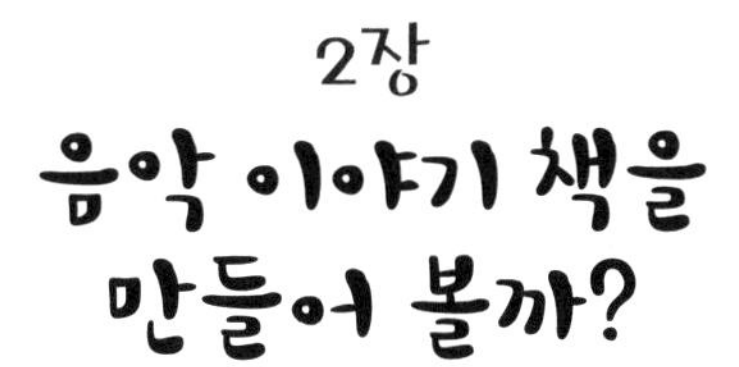

2장
음악 이야기 책을 만들어 볼까?

1. 음악 이야기는 어떻게 만들지?

아이들에게 다양한 주제로 이야기를 만들게 하지만 이야기나 책으로 표현되려면 체계적인 계획이 필요하다. 이른바 음악 이야기 연출 계획서가 필요한 것이다. 대략적인 이야기 흐름을 정한 뒤에 음악적으로 표현할 부분을 정리해보는 계획이다.

가. 주제 선택하기

먼저 이야기 주제를 정한다. 단, 아래와 같은 조건을 제시해서 좀 더 쉽게 접근할 수 있도록 하였다.

『이야기 만들기 조건이 있답니다.
첫 번째는 이야기에는 교육적인 내용이 담겨있으면 좋겠습니다. 그 다음에는 여러분이 지금 배우고 있는 교과목들에서 좋은 이야기 주제를 찾아 새롭게 꾸며도 되고, 뒷부분을 상상해서 꾸며도 됩니다. 예를 들면 최근에 배우고 있는 국어 소설, 전래동화나 사회 역사이야기, 과학 우주와 관련된 이야기나 환경 보호와 관련된 이야기면 더 좋겠지요.』

빗자루쌤 Talk

○ 어떤 주제로 쓰게 하는 것이 좋은가요?

“아이들이 쉽게 접근할 수 있는 주제를 선택하게 하세요. 자신이 경험한 것을 이야기로 꾸미라고 해도 좋아요. 아이들은 바로 익히거나 경험했던 것을 쓰라고 했을 때 쉽게 쓴답니다.”

○ 혼자서 쓰게 하나요?

“아니에요. 혼자서 쓰는 것보다 함께 쓰게 하는 것도 좋아요. 초등학생들은 혼자서 쓰는 것을 힘들어해요. 모둠별로 주제를 정해 함께 쓰고 함께 음악으로 표현해 보는 경험을 먼저 해본 후에 혼자서 쓰게 하면 더 좋을 것 같아요.”

아이들은 제각각 주제를 정해 이야기 흐름을 정리하기 시작했다. 역사를 좋아하는 시현이는 동학 농민 운동에 관한 주제를 정해 이야기를 만들려고 하였다. 과학 시간에 배운 별자리 이야기를 흥미로워하던 정민이는 새롭게 별자리 이야기를 창작해 보려고 하였다.

이야기 흐름을 대략적으로 구성하고 음악으로 표현해낼 부분까지 미리 구상할 수 있는 이야기 연출 계획서를 활용해서 이야기를 꾸미도록 하였다.

이야기를 음악으로!	제목:	6학년 반 모둠

1 글의 내용을 보고, 어울리는 악기와 표현 방법, 연주자를 정하여 봅시다
(주의할 점 - 모둠 활동 시 도란도란 이야기 나누기, 역할정할 때는 서로 배려하기 악기는 너무 큰 소리를 내지 않기, 다른 모둠 활동하는 데 방해되지 않기)

순서	음악으로 표현할 이야기	사용악기 및 연주방법	연주자

2 함께 발표해 봅시다 (발표하는 모둠 : 진지하고 자신감 있게!, 듣는 모둠 : 귀 기울이고, 이야기 하지 않기(경청))

아이들이 이야기 만들 때 사용한 이야기 계획서 양식이다.
사건 흐름대로 정리할 수 있어 무척 유용하다.

아이들이 완성한 스토리보드이다. 전봉준의 삶을 이야기 형식으로 꾸미고 소리나 음악으로 표현될 부분을 찾아 어떻게 표현할지 적어보도록 하였다. 음악 시간인 것 같지만 포인트는 이야기 만들기에 더 중점을 두었다.

이야기를 음악으로! | 제목: 전봉준 이야기 | 6학년 7 반 2모둠

1. 글의 내용을 보고, 어울리는 악기와 표현 방법, 연주자를 정하여 봅시다.
(주의할 점 - 모둠 활동 시 도란도란 이야기 나누기, 역할정할 때는 서로 배려하기, 악기는 너무 큰 소리를 내지 않기, 다른 모둠 활동하는 데 방해되지 않기)

순서	음악으로 표현할 이야기 (해설자 : 박예슬)	연주방법 탐색	연주자
1	옛날에 전봉준이라는 사람이 살았습니다. 키는 작지만 힘이 센 것이 녹두를 닮았다해서 녹두 장군이라 불렀지요.	-키작은: 멜리온 블록 돌려서 연주하고 1명이 쭈그려 앉기	-김동주
2	전봉준의 아버지는 조병갑이라는 관리의 잘못을 지적하다 곤장을 맞고 그만 죽게 되었습니다.	-곤장: 장구채, 귀로로 장구를 번갈아 6번 치고 으악 소리내기	-전시현, 신서영 -으악: 다같이
3	전봉준은 아버지의 죽음에 슬퍼하였고, 이를 갈며 복수를 다짐했습니다.	-슬퍼하였고: 울음소리 -이를 갈며: 귀로를 세게 연주	-다같이 -전시현
4	10년 뒤, 조병갑이 계속해서 농민들을 괴롭히자 전봉준은 동학농민운동을 일으켰습니다.	-괴롭히자: 아이고 아이고 소리와 썬더드럼 흔들기 -동학농민운동: 우와~!소리내기	-다같이, 김동주 -다같이
5	그러자 나라에서는 청나라에 도움을 요청했고, 수많은 청나라 군사들이 총을 쏘며 공격해오기 시작했습니다.	-청나라 공격: 총소리(피아노)	-장수빈
6	청나라 군사들이 왔다는 소식을 듣고, 옆 나라 일본에서도 우리나라를 침범해오기 시작했습니다.	-일본 침범: 카주로 뱃고동 2번	-유지호
7	나라가 위험해지자 전봉준은 동학농민운동을 중단하고 농민들을 집으로 돌려보냈습니다.	-실망스런 음악: 카주 연주하기	-유지호
8	농민운동이 끝났는데도 청나라 군사와 일본 군사들은 돌아가지 않고 마침내 우리 땅에서 청일전쟁을 일으켜 자기들끼리 싸웠습니다.	-총소리, 카주로 뱃고동, 심벌즈 쾅 1번 치기	-장수빈, 유지호, 신서영
9	나라가 또다시 위험해지자 전봉준은 전국의 농민들에게 편지를 보내 다시 모이게 되었습니다.	-다시 모입시다!: 목소리, 웅성웅성	-다같이
10	많은 농민들이 나라를 구하기 위해 일본군과 정부군과 싸웠지만 턱없이 부족한 무기로 그만 황토현 전투에서 크게 지고 말았습니다.	-총소리	-장수빈
11	결국 전봉준은 부하였던 사람의 신고로 체포되고 말았고 일본군에서 넘겨져 재판을 받은 뒤 죽고 말았습니다.	-체포: 카바사 2번 연주 -죽음: 피아노 운명교향곡	-신서영 -장수빈
12	전봉준은 죽었지만 그를 사랑했던 농민들은 '새야 새야'노래를 지어부르며 오랫동안 그가 한 일들을 기억하고 슬퍼했습니다.	-새야새야 연주하기(노래+리코더 등)	-다같이

전봉준 이야기 스토리보드

이야기를 음악으로! | 제목: 흥부놀부 이야기 | 6학년 7 반 3 모둠

1. 글의 내용을 보고, 어울리는 악기와 표현 방법, 연주자를 정하여 봅시다.
(주의할 점 - 모둠 활동 시 도란도란 이야기 나누기, 역할정할 때는 서로 배려하기, 악기는 너무 큰 소리를 내지 않기, 다른 모둠 활동하는 데 방해되지 않기)

순서	음악으로 표현할 이야기	연주방법 탐색	연주자
1	옛날 옛날 흥부와 놀부 형제가 살고 있었어요. 놀부는 성실하고 착했지만 흥부는 매일 먹고 놀다가 아버지가 돌아가시자 더 흥청망청 돈을 쓰기 시작했어요. 참지 못한 놀부는 흥부의 게으름을 고치기 위하여 일부러 집에서 내쫓았습니다.	[illegible]	[illegible]
2	흥부네는 하루 아침에 날벼락을 맞았지만 흥부는 열심히 살 생각은 하지 않고 놀부집에서 얻어먹을 궁리만 하였지요. 놀부 부인에게 밥을 좀 달라고 하자 놀부 부인은 주걱에 밥을 많이 묻혀 뺨을 때리는 척하며 밥을 많이 주었습니다.	[illegible]	[illegible]
3	뺨에 붙은 밥을 냠냠 맛있게 먹으며 집에 가던 중 흥부는 날개를 다친 제비를 보게 되었습니다. 재빨리 집에 데리고 가서 날개를 고쳐주자 제비는 며칠 뒤 날 수 있게 되었고, 어디론가 날아갔습니다.	[illegible]	[illegible]
4	몇 개월 뒤, 제비가 다시 흥부의 집을 찾아와 작은 박씨를 물어다 주고 떠났습니다. 흥부는 박씨를 심고 열심히 가꾸었습니다.	[illegible]	[illegible]
5	몇 개월 뒤, 박은 점점 커져서 흥부의 초갓집 지붕 위에 커다랗게 열렸습니다. 흥부네 가족은 박을 타기 시작했습니다. "슬금슬금 박을 타자~!!!"	[illegible]	[illegible]
6	그 때였습니다. 박이 "펑~!"하고 터지며 박 안에서 금은보화가 쏟아져 나오기 시작했습니다. 신이 난 흥부네는 또 다른 박을 타보나 이번에도 "펑~!"하며 쌀과 곡식, 비단 옷감들이 쏟아져나왔습니다. 흥부네는 너무 기뻐서 모두 깔깔 껄껄 웃어대었습니다.	[illegible] ×2	[illegible]
7	부자가 된 흥부는 더 많은 재산을 갖고 싶은 욕심이 생겼습니다. 그래서 제비를 일부러 떨어뜨려 다치게 한 다음에 고쳐주었습니다. 제비는 한참 뒤 날 수 있게 되었고, 어디론가 떠나갔습니다.	[illegible]	[illegible]
8	몇 개월 뒤, 제비가 다시 흥부의 집을 찾아와 박씨를 물어다주고 갔습니다. 흥부는 신이 나 춤을 추며 박씨를 심고 물을 주어 가꾸었습니다. 지난 번보다 더 많은 박들이 주렁주렁 매달린 것을 보며 흥부는 덩실덩실 춤을 추었습니다. "더 큰 부자가 되겠구나! 슬금슬금 박을 타자~!!!"	[illegible]	[illegible]
9	그 때였습니다. 박이 "펑~!"하고 터지며 박 안에서 도깨비들이 쏟아져나왔습니다. 도깨비들은 도깨비 방망이로 주문을 외웠습니다. "없어져라, 뚝딱!" 갑자기 흥부네 집 모든 재산이 사라지고 말았습니다. 흥부네 가족들은 대성통곡을 하였습니다.	[illegible]	[illegible]
10	흥부는 그제서야 자신의 잘못을 뉘우치며 후회를 하였습니다. 그 때 놀부가 흥부의 소식을 듣고 달려왔습니다. "흥부야, 이제 착하게 살자꾸나."라고 위로하며 놀부의 집으로 데리고 가서 함께 살았다고 합니다.		

2. 함께 발표해 봅시다. (발표하는 모둠 : 진지하고 자신감 있게!, 듣는 모둠 : 귀 기울이고, 이야기 하지 않기(경청))

새롭게 꾸민 흥부놀부 이야기 스토리보드

열심히 스토리보드를 작성하며 어울리는 악기를 찾아보는 아이들의 진지한 모습
책만 쓰기보다 여러 소리가 나는 악기들을 함께 연주하니 훨씬 더 재미있어 하였다.

이야기에 어울리는 악기를 고르는 아이들의 진지한 모습

나. 콘셉트 정하기

이야기책의 콘셉트를 잡는 단계이다. 아이들에게 다양한 책을 읽히고 콘셉트를 찾아보는 활동도 해보고, 직접 간단한 책들을 만들어보게 하는 등 책과 가까이 지내며 책의 구성과 재미를 알아가는 시간들이 많아지도록 노력하였다.

도서관 이용 수업을 통해 열심히 책을 읽는 아이들. 적어도 책을 싫어하지는 않는다.

국어 시간을 활용하여 이야기 꾸미기 활동 후 재미있는 이야기를 꾸미고 손바닥책으로 만들어보는 경험을 통해 책의 콘셉트를 어떻게 잡아야 하는 지도 직접 체험해 보도록 하였다.

우수작에는 육칠문학상 수상작이라는 노란 딱지도 붙여주고 선물도 주어 자긍심을 가지도록 하였다.

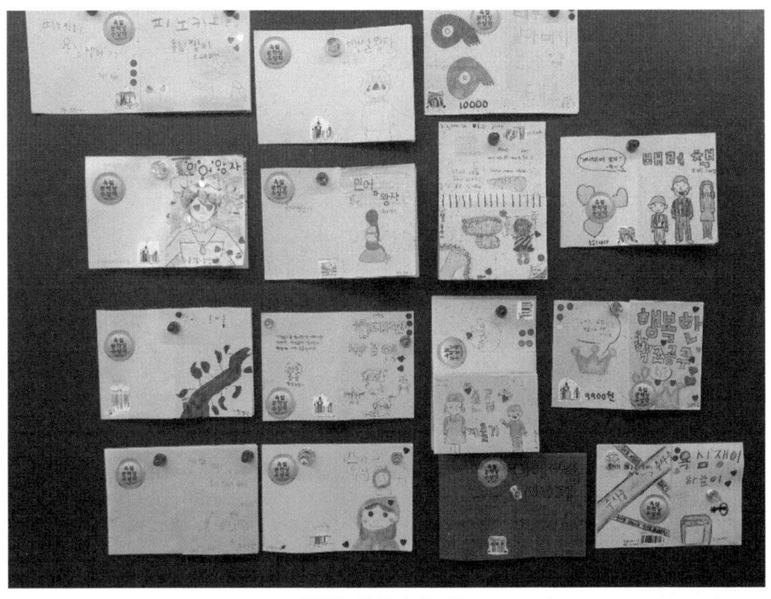

육칠문학상 수상작들
상품은 초코파이였으나 아이들은 정말 심히 기뻐하였다.

책과 가까워진 후에 음악 이야기 책 콘셉트를 잡는 활동을 하도록 하였다. 동생들에게 읽혀줄 책이기 때문에 주로 동화 형식으로 내용과 그림을 구성하도록 지도하였다.

환경 동화 형식으로 꾸며진 [몽실이의 여행] 이야기책

아이들이 처음 만들어본 음악 이야기라 수준이 높진 않지만 나름대로 진지하게 이야기를 꾸미고 정성스럽게 만들었던 책들이었다.

다. 표지 만들기

표지 만들기는 콘셉트 잡는 활동보다 쉽지만 빠트리지 않아야 할 것이 있다.

먼저 책의 중심 내용이 들어가는 그림을 어떻게 구상해서 넣을지 의논하도록 하고, 글, 그림 저작자의 이름을 넣도록 하였다. 제목도 평범하지 않고 관심을 끌만한 내용으로 지어보라고 하였다.

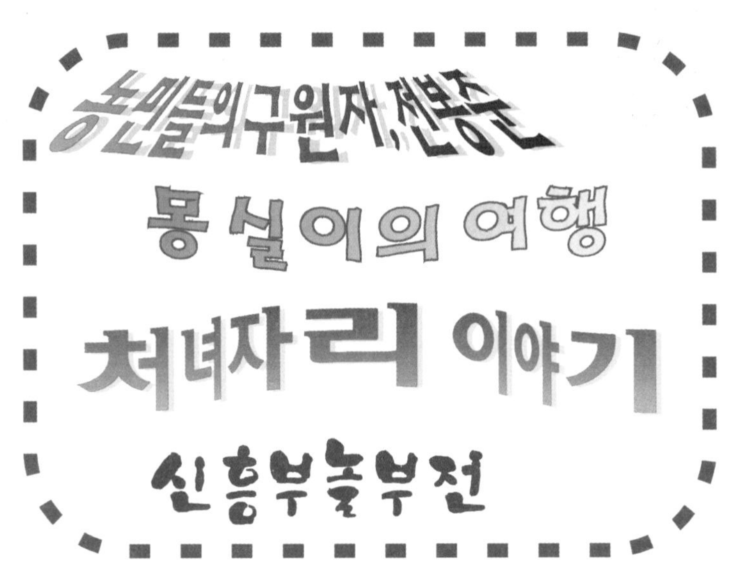

아이들이 고민해서 지은 책 제목들이다.
제목에 어울리는 그림을 넣고 출판사 이름까지 지어서 넣어보도록 하였다.

흥부와 놀부

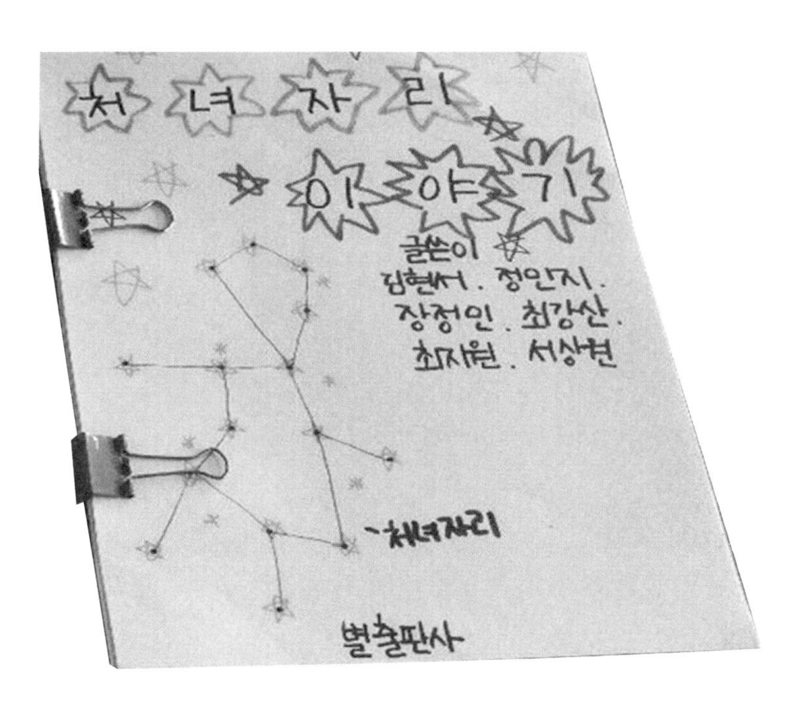
처녀자리
이야기
글쓴이
김현서. 정인지.
장정인. 최강산.
최지원. 서상현
~처녀자리
별출판사

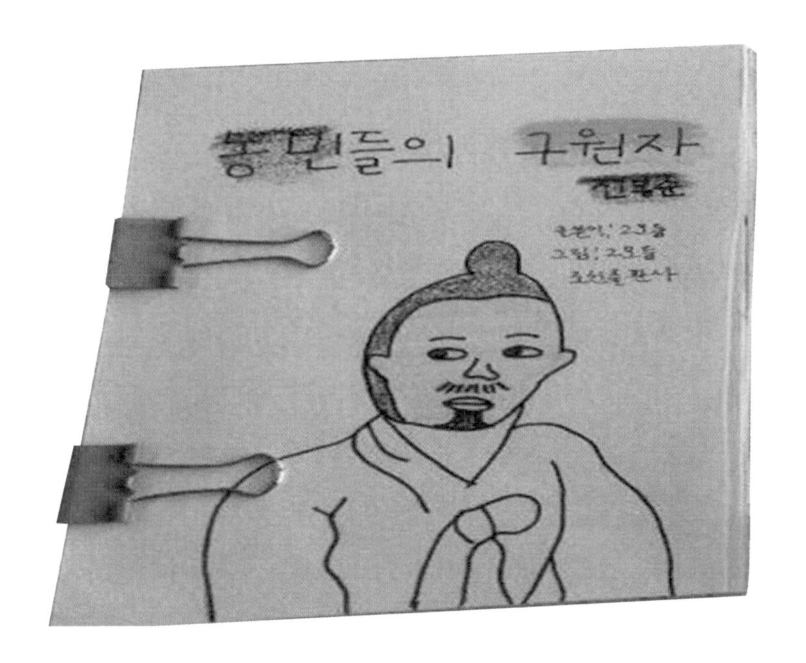
농민들의 구원자
전봉준

몽실이의 여행
글, 그림

라. 이야기와 그림 배치하기

스토리보드에 적힌 내용에 콘셉트에 어울리는 살을 붙여 이야기를 만들도록 하였다. 개인별로 만들기는 벅찬 활동이라 모둠별로 만들도록 하였는데, 그림 배치와 이야기 살붙이는 활동을 역할 분담하여 함께 완성토록 하였다.

역할을 분담해서 스토리보드를 책으로 구성하기 위해 의논하는 아이들

"선생님, 정민이가 그림을 정말 잘 그려요. 정민이가 삽화를 주로 맡아서 그리도록 했어요."

"선생님, 저는 글씨를 잘 쓰니까 이야기를 적을 거예요."

"선생님, 동현이가 아무 것도 안 하려고 해서 색칠하라고 시켰어요."

아이들은 저마다 난리를 치면서 책을 완성해나가기 시작하였다. 동생들에게 읽어주고 반응이 좋은 모둠은 시상을 한다고 하였기 때문이다.

글과 그림을 적절히 배치하며
그림을 그리는 모습

음악으로 표현할 부분을
나타내는 학생의 모습

책쓰기를 가장 싫어했던 동현이
얼굴에서 고집스러움이 묻어난다. 하지만 나름대로 진지하게 그림을 그리고 있었다.

빗자루쌤 Talk

○ 이야기를 만들 때는 신나서 잘 만드는 아이들. 막상 책으로 만들라고 하면 슬쩍 뒤로 빠지는 아이들이 많습니다. 아이들이 책쓰기를 싫어할 때 어떻게 하면 좋을까요?

"이야기를 만드는 활동에는 유치하지만 맛있는 과자로 보상을 해주는 것도 좋습니다. 마냥 뛰고 싶은 6학년 남자 아이들이 책상에 진득하게 앉아 있기란 쉽지 않기 때문이에요. 의외로 6학년이지만 하리보 젤리나 사탕으로 학습 의욕을 이끌어내기가 가장 쉬웠답니다."

마. 음악으로 나타낼 부분 표시하기

음악 이야기는 뚜렷한 목적이 있다. 이야기를 창작할 뿐만 아니라 다른 사람에게 들려주어야 한다. 그것도 음악을 추가해서. 그래서 책 내용에 음악으로 표현될 부분을 색깔로 표시해 주는 것이 좋다. 이미 스토리보드에 어떤 악기로 어떻게, 누가 표현할지 적어두었기 때문에 아이들은 쉽게 다가갈 수 있었다.

이야기를 음악으로!	제목: 별자리 이야기(처녀자리)	6학년 7반 1모둠

1. 글의 내용을 보고, 어울리는 악기와 표현 방법, 연주자를 정하여 봅시다.

(주의할 점 - 모둠 활동 시 도란도란 이야기 나누기, 역할정할 때는 서로 배려하기, 악기는 너무 큰 소리를 내지 않기, 다른 모둠 활동하는 데 방해되지 않기)

순서	음악으로 표현할 이야기 (해설자: 장정민)	연주방법 탐색	연주자
1	땅의 여신 데메테르에게는 아주 예쁜 딸 페르세포네가 있었습니다. 페르세포네는 요정들과 숲 속에 있는 호숫가에서 놀고 있었는데, 죽음의 나라 왕인 플루톤이 마차를 타고 지나가던 중 페르세포네를 보고 한 눈에 반해 페르세포네를 아내로 삼아야겠다고 생각을 했습니다.	-있었습니다: 윈드차임(시작 BGM) -놀고 있었는데: 멀티톤 돌리기 -지나가던 중: 플로어탐 잘게 치기	-김현서 -서상원 -김현서
2	플루톤은 말을 세우고, 마차에서 내려 페르세포네를 자기 옆에 앉히고는 말없이 저승으로 데려 갔습니다.	-데려감: 썬더드럼 잘게 치기 -울음소리: 목소리 -급히 갔지만: 발걸음소리	-장정민 -다같이 -서상원

스토르보드 속 음악으로 표현될 부분을 색깔로 표시해둔 모습

역할을 분담해서 스토리보드를 책으로 구성하는 아이들
음악으로 나타낼 부분을 함께 결정한다.

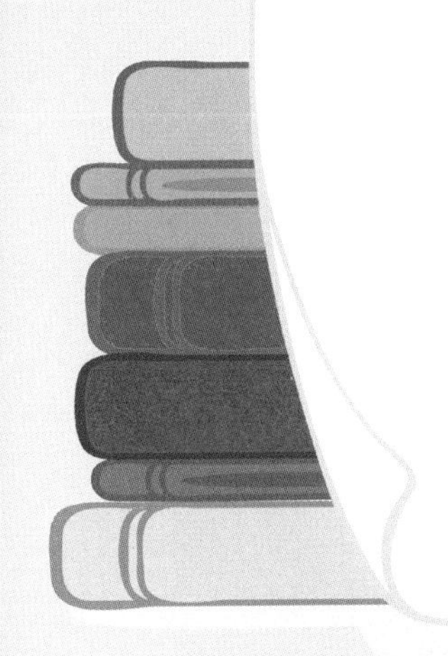

3장

음악 이야기 활용하기

1. 발표하고 감상 소감 나누기

이야기가 완성된 다음에는 음악으로 표현하기 연습을 한다. 책을 읽어줄 사람, 악기를 연주할 사람을 정해 순서대로 잘 진행될 수 있도록 여러 번 연습하도록 하였다.

음악 이야기 발표연습 모습
화요 이야기나라에서 2학년 동생들에게 들려주어야 해서 엄청 진지하다.

연습 후에는 친구들 앞에서 발표를 해본다. 동생들 앞에서 실수하지 않기 위해 아이들은 최선을 다하는 모습을 보여주었다.

리허설을 들을 때 아이들은 감상하며 고칠 점을 적고 발표한다. 제법 날카로운 지적이 나타나기도 하는 데, 아이들은 기분 나빠하지 않고 잘 수용해 주었다. 이런 과정을 통해 이야기를 계속해서 수정해나가기도 하였다.

친구들의 발표도 들으며 친구들이 만든 책도 보며 아이들은 은연 중 음악 이야기 세상 속으로 빠져든다. 감놔라 배놔라 주제넘게 나서는 아이들도 있었다.

최종 리허설 모습

친구들의 감상평을 듣는 아이들
친구들이 음악 이야기가 잘 만들어졌는지 감상하고 비평하기도 한다.

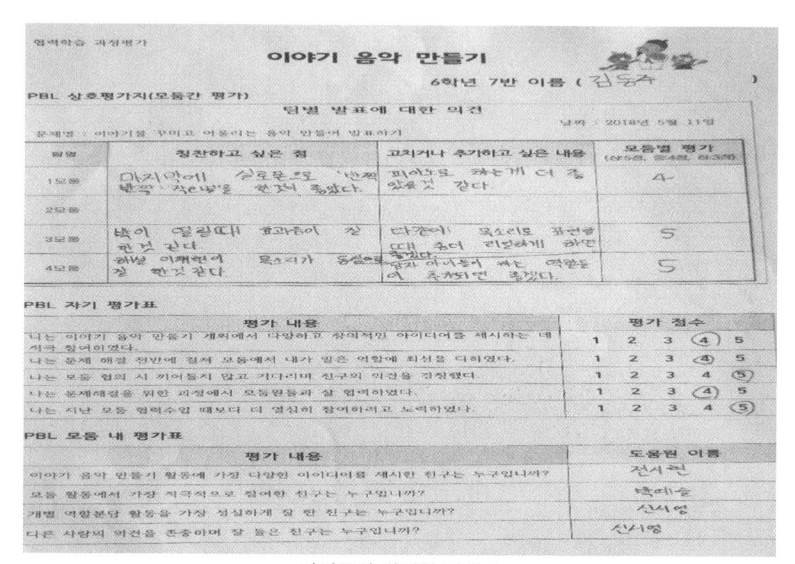

협력학습 과정평가

이야기 음악 만들기

6학년 7반 이름 (김동수)

PBL 상호평가지(모둠간 평가)

팀별 발표에 대한 의견

날짜 : 2018년 5월 11일

문제명 : 이야기를 꾸미고 어울리는 음악 만들어 발표하기

팀명	칭찬하고 싶은 점	고치거나 추가하고 싶은 내용	모둠별 평가 (상5점, 중4점, 하3점)
1모둠	마지막에 실로폰으로 '반짝반짝 작은별'을 한것이 좋았다.	피아노로 하는게 더 좋았을것 같다.	4
2모둠			
3모둠	박이 열릴때 효과음이 잘 한것 같다	다같이 목소리로 표현할 때 좀더 리얼하게 하면 좋겠다.	5
4모둠	하설 이채련이 목소리가 동생으로 잘 한것같다	남자 아이들이 하는 역할들이 추가되면 좋겠다.	5

PBL 자기 평가표

평가 내용	평가 점수
나는 이야기 음악 만들기 계획에서 다양하고 창의적인 아이디어를 제시하는 데 적극 참여하였다.	1 2 3 (4) 5
나는 문제 해결 전반에 걸쳐 모둠에서 내가 맡은 역할에 최선을 다하였다.	1 2 3 (4) 5
나는 모둠 협의 시 끼어들지 않고 기다리며 친구의 의견을 경청했다.	1 2 3 4 (5)
나는 문제해결을 위한 과정에서 모둠원들과 잘 협력하였다.	1 2 3 (4) 5
나는 지난 모둠 협력수업 때보다 더 열심히 참여하려고 노력하였다.	1 2 3 4 (5)

PBL 모둠 내 평가표

평가 내용	모둠원 이름
이야기 음악 만들기 활동에 가장 다양한 아이디어를 제시한 친구는 누구입니까?	전서현
모둠 활동에서 가장 적극적으로 참여한 친구는 누구입니까?	박예슬
개별 역할분담 활동을 가장 성실하게 잘 한 친구는 누구입니까?	신서영
다른 사람의 의견을 존중하며 잘 들은 친구는 누구입니까?	신서영

아이들이 작성한 감상평
보충할 점과 잘된 부분을 적어서 발표한 아이들에게 돌려주어 참고할 수 있도록 하였다.

모든 활동이 끝난 후 아이들에게 활동 에세이를 적어보도록 하였다. 이러 저러한 느낌들을 아이들이 쏟아놓았다. 지루했어요. 색칠하는 게 힘들었어요. 신기한 악기들이 많아서 좋았어요. 하지만 아이들 특유의 생기가 그 속에 묻어나있었다. 힘들지만 해보길 잘 했구나! 생각이 들었다.

빗자루쌤 Talk

○ **활동이 끝난 뒤에 어떻게 마무리하면 좋을까요?**

"좌충우돌 어떻게든 책은 만든 거잖아요. 아이들과 소박하게 기념회를 가지는 것이 좋습니다. 힘들었지만 보람을 느낄 수 있는 시간을 주어야겠지요. 저는 에세이를 적어보도록 했습니다. 제 눈에는 볼품없는 책이었지만 아이들에게는 시간과 공이 들어간 것임을 알았기에 소감을 적어 발표하고 간단한 다과를 준비해서 파티도 했습니다. 오래오래 기억할 활동이 되겠지요?"

■ 에필로그

좌충우돌 우당탕 신나는 음악 이야기 만들기가 끝이 났다. 그동안 도서관과 교실을 오가며 아이들은 신이 났다. 교실은 책과 악기들로 가득 찼다. 시간이 어떻게 간 지 모르게 음악 이야기책이 만들어졌다. 2학년 동생들에게 박수갈채를 받았다. 우리 아이들은 퍽이나 감동을 받은 눈치였다.

"선생님, 다른 반에 또 언제 읽어주러 가나요?"
"저는 이번에는 요 악기로 바꿔볼 거예요."

아이들은 완전히 신이 났다. 교실은 생기로 가득 넘쳤다. 얼마 지나지 않아 스승의 날이 되었다. 아이들은 나 몰래 대단한 준비를 해주었다. 20년 넘는 교직 생활에 스승의 날이 무덤덤했던 나는 나도 모르게 행복한 눈물이 흘렀다.

사랑하는 우리반 아이들

〈아이들이 쓴 음악 이야기책 첫째 권〉

빗자루쌤 Talk

○이 책은 이런 책이에요!

"아이들이 직접 사회 공부시간에 배운 내용으로 새롭게 구성하였어요. 전쟁과 관련 있다 보니 전투 장면을 다양한 악기로 표현하고자 노력하였지요. 분홍색으로 나타낸 부분이 바로 음악으로 표현할 부분이랍니다. 총소리는 전자피아노의 총소리로 정말 리얼하게 표현했어요. 악기로 표현할 수 없는 부분(곤장을 맞고 아파하는 부분)은 직접 소리로 나타내기도 했답니다. 이렇게 활동한 후에 아이들은 절대로 전봉준을 잊을 수 없었을 거예요.

기말고사를 치고 난 후……

"야, 니 사회 잘했나? 나는 15번 틀렸데이."

"뭐, 15번? 그거 우리가 음악책으로 만들었던 거 아이가. 전봉준! 그걸 틀리면 우야노. 그만큼 마이 연주해놓고 쯧쯧."

"……."

농민들의 구원자 전봉준

글, 그림 : 2모둠
조선출판사

재미있는 악기로
표현하면서 읽어봐요!

옛날에 전봉준이라는 사람이 살았어요. 키는 작지만 힘이 센 것이 녹두를 닮았다 해서 녹두장군이라 불렸지요.

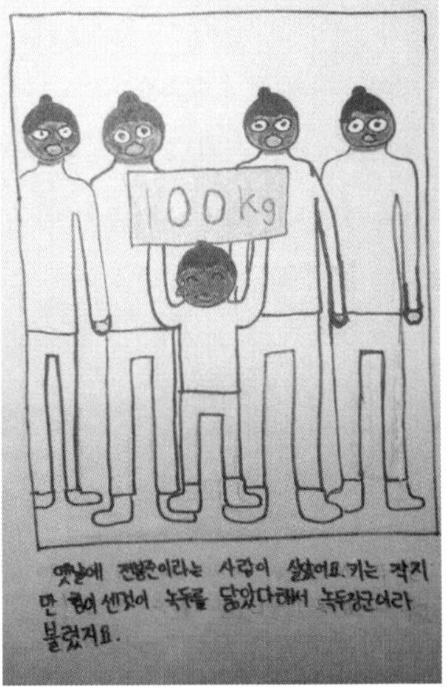

전봉준의 아버지는 조병갑이라는 관리의 잘못을 지적하다 곤장을 맞고 그만 죽게 되었습니다. 전봉준은 아버지의 죽음에 슬퍼하였고, 이를 갈며 복수를 다짐했습니다.

슬퍼하며 이를 가는
부분은 어떻게
표현하면 좋을까요?

10년 뒤, 조병갑이 계속해서 농민들을 괴롭히자 전봉준은 동학농민운동을 일으켰습니다. 그러자 나라는 청나라에 도움을 요청했고, 수많은 청나라 군사들이 총을 쏘며 공격해오기 시작했습니다.

총소리를 재미있게
표현해 봅시다!

청나라 군사들이 왔다는 소식을 듣고, 옆 나라 일본에서도 우리나라를 침범해오기 시작했습니다. 나라가 위험해지자 전봉준은 동학농민운동을 중단하고 농민들을 집으로 돌려보냈습니다.

배를 타고 큰 소리를 내며
침범하는 장면은 어떤
악기가 좋을까요?

농민운동이 끝났는데도 청나라 군사와 일본 군사들은 돌아가지 않고 마침내 우리 땅에서 청일전쟁을 일으켜 자기들끼리 싸웠습니다.

총소리를 무엇으로 표현하면 좋을까요?

To. 농민들

농민운동이 끝났는데 청나라 군사와 일본 군사들이 돌아가지 않고 우리 땅에서 청일 전쟁을 일으켜 자기들끼리 싸우고 있습니다. 우리들의 힘을 합쳐 청나라 군사, 일본 군사들의 전쟁에 이겨 우리나라를 지킵시다.

From. 전봉준

많은 농민들이 나라를 구하기 위해 일본군과 정부군과 싸웠지만, 턱없이 부족한 무기로 그만 황토현 전투에서 크게 지고 말았습니다. 결국 전봉준은 부하였던 사람의 신고로 체포되고 말았고 일본군에게 넘겨져 재판을 받은 뒤 죽고 말았습니다.

재판에서 '땅땅땅' 세 번 두드리는 소리는 무엇과 닮았을까요?

새야 새야 파랑새야
녹두밭에 앉지 마라
녹두꽃이 떨어지면
청포장수 울고 간다.

전봉준은 죽었지만 그를 사랑했던 농민들은 '새야 새야' 노래를 지어 부르며 오랫동안 그가 한 일들을 기억하고 슬퍼했습니다.

동화 속에 들어 있는 실제 노래는 어떻게 표현하면 좋을까요?

〈아이들이 쓴 음악 이야기책 둘째 권〉

빗자루쌤 Talk

○이 책은 이런 책이에요!

"아이들이 직접 과학 공부시간에 배운 내용으로 새롭게 구성하였어요. 별자리에 대해 공부하다가 별자리 관련 이야기를 새롭게 각색해 보자고 하더니 이렇게 새로운 이야기를 만들어내었어요. 혹시나 2학년 동생들이 이 이야기가 실제 이야기인 줄 알면 안되겠다 싶기까지 했지만. 뭐 창작은 자유니까요! 아이들은 제멋대로 이야기를 마음껏 바꾸기 시작했습니다. 데메테르라는 이름을 아이들은 절대로 잊을 수 없을 거예요.

"야들아, 봄에 볼 수 있는 별자리 이름을 말해 봐라!"
"……"
"??!!!ㅠㅠ"

처녀자리 이야기

글 : 김현서, 정민지, 장정민, 최강산, 최지원, 서상원
별출판사

여신, 요정은 어떤
악기가 좋을까요?

땅의 여신 데메테르에게는 아주 예쁜 딸 페르세포네가 있었습니다. 페르세포네는 요정들과 숲 속에 있는 호숫가에서 놀고 있었는데, 죽음의 나라 왕인 플루톤이 마차를 타고 지나가던 중 페르세포네를 보고 한 눈에 반해 페르세포네를 아내로 삼아야겠다고 생각을 했습니다. 플루톤은 말을 세우고, 마차에서 내려 페르세포네를 자기 옆에 앉히고는 말없이 저승으로 데려갔습니다.

그날부터 데메테르는 딸을 찾으러 다니느라 땅을 보살피지 않았습니다. 그러다보니 가축들이 죽고 풀과 나무가 말라죽었으며, 홍수가 일어났습니다. 그러자 생물의 여신이 데메테르를 찾아와 딸이 저승에 있다고 알려주었습니다. 데메테르는 당장 저승으로 딸을 찾으러 가 플루톤에게 딸을 돌려 달라 했습니다. 플루톤은 “알겠다. 하지만 페르세포네가 저승의 음식을 먹었다면 저승에서 나갈 수 없을 것이다.”라고 말했습니다. 플루톤은 페르세포네에게 배가 고플테니 음식을 먹으라고 했지만 페르세포네는 아무것도 먹지 않았습니다. 이러다가 사랑하는 아내 페르세포네가 죽고 말겠다는 생각이 들어 플루톤은 데메테르에게 이제 그만 데리고 가라고 했습니다.

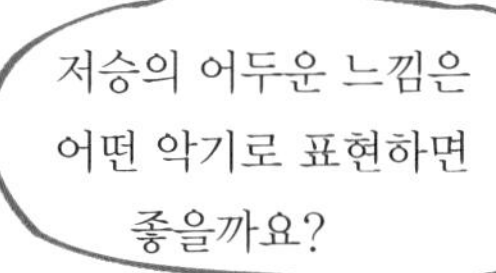

드디어 딸과 행복하게 살게 된 데메테르는 기분이 좋아졌습니다. 육지에는 꽃도 피고 열매도 맺고 나무도 무럭무럭 자라게 되었습니다. 하지만 플루톤에게 화가 나서 4달 동안은 땅에 아무것도 자라지 않는 겨울이 되었습니다. 하지만 다시 곁에 있는 딸을 돌아보면 기분이 좋아져서 봄이 오게 되고 땅이 다시 따뜻해 풀이 돋고 곡식이 자라게 되었습니다. 이렇게 페르세포네와 데메테르는 행복하게 살게 되었습니다.

겨울 바람을 악기로
재미있게 표현해 볼까요?

지하에 있던 플루톤은 아내가 보고 싶어 제우스에게 간청하여 데메테르가 죽은 후 별자리로 만들어 봄마다 하늘에서 반짝이도록 하였습니다.

'별'과 관련된 동요를 찾아 불러보면 어떨까요?

〈아이들이 쓴 음악 이야기책 셋째 권〉

빗자루쌤 Talk

○이 책은 이런 책이에요!

"아이들이 직접 환경 동화를 만들었어요. 음악 시간에 물방울의 여행 노래를 배우고 나서 환경에 대한 관심이 생겼는 지 이 주제를 선택하고 제법 그럴싸하게 이야기를 만들어내었답니다.

제법 완성도가 높았고, 음악으로 표현도 잘 되어서 동생들이 무척 좋아했던 이야기입니다. 채현이가 동화구연하는 것처럼 읽어주어서 더 재미있기도 했지요. 친구들과 잘 어울리지 못했던 채현이가 그렇게 돋보일 수 없었던 순간이었죠. 아이들도 채현이를 인정하기 시작했어요. 하지만 그럼에도 불구하고 채현이의 기침 소리는 적응이 안되었답니다.ㅠㅠ

몽실이의 여행

글, 그림 : 박진선, 양윤서, 허지원, 황세중, 이채현, 김동현
구르미출판사

몽실이라는 아기 구름 한 덩이가 있었어요. 몽실이는 태어난 지 한 달밖에 되지 않았어요. 몇 달이 지난 후 몽실이는 9살이 되고 드디어 여행을 떠날 수 있었어요.

아기 울음소리는 어떻게 표현하면 좋을까요?

하지만 떠나려는 날에는 비가 주룩주룩 내렸어요. 며칠 후 이제 여행을 떠날 수 있단 맘에 몽실이는 두근두근 했습니다.

비가 내리는 소리는 '레인스틱'으로 표현하면 재미있답니다.

몽실이는 제일 처음 더운 나라가 있는 곳으로 갔어요. 그곳에 가보니 비가 너무 많이 와서 홍수가 났어요. 그래서 많은 사람이 다치고 집이 물에 잠겨 있는 것을 본 몽실이는 사람들이 걱정되었어요.

비가 많이 오는 소리를 상상해 보고
비슷한 소리를 내는 악기를 찾아보세요.

걱정되는 마음을 안고 추운 나라가 있는 곳으로 푸슈슝~ 날아갔어요. 추운 나라가 있는 곳으로 가보니 큰 빙하들이 쿠오오오~ 소리를 내며 바다로 떨어지고 있었어요. 그리고 눈이 있어야 할 산도 흙들이 드러나 있었어요.

거대한 얼음덩어리는 어떤 소리를 내며 바다로 떨어질까요?

이번에는 건조한 지역으로 슈웅 하고 떠났어요. 가보니 모든 식물들이 다 말라 있었어요. 비도 안 와서 땅은 갈라져 있었고 다른 동물들도 살 수 없게 되어 있었어요.

소리가 아닌 상황을 표현해야 할 때는 여러 가지 악기로 느낌을 표현하면 좋겠어요.

몽실이는 마지막으로 공장이 많은 곳을 가보았어요. 공기는 다 더럽혀져 있고, 지독한 냄새가 코를 찔렀어요. 두리번 두리번 둘러보니까 여기저기 쓰레기도 많이 버려져 있었어요.

이런 행동에도 맞는 악기가 있을까요?

결국 몽실이는 더 이상 여행을 할 수 없었어요. 지구가 너무 더워져서 생물들이 살기가 힘들어지고 있었기 때문이에요. 몽실이가 집으로 돌아가보니 어른들이 심각한 표정으로 웅성웅성 이야기를 하고 있었어요. 자세히 들어보니 빙하들이 와르르 모두 녹아내려 지구가 커다란 바다가 될 수도 있다는 거예요.

녹아내리는 느낌은 어떤 악기가 어울릴까요?

지구가 큰 바다가 되지 않게 사람들이 환경을 보호하려는 노력을 열심히 해야 한대요. 첫 번째로는, 짧은 거리는 걸어서 이동하거나, 자전거를 타고. 일회용 제품을 쓰면 땡~! 그리고 쓰레기는 분리수거를 꼭! 해요. 모두 다 쉬운 규칙이라고 해요. 여러분이 잘 지켜주면, 몽실이가 더 행복해질 것 같아요. 잘 지켜주세요~

자전거소리와 땡 소리는
어울리는 악기가 많겠지요?

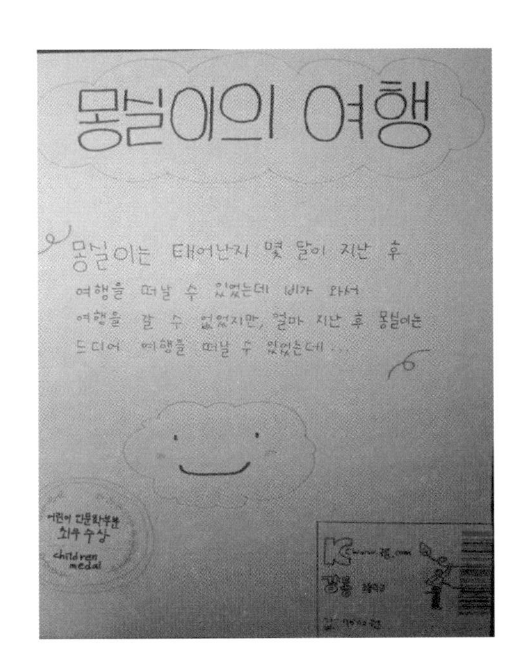

환경 이야기 뒷면과 표지그림

〈아이들이 쓴 음악 이야기책 넷째 권〉

빗자루쌤 Talk

○이 책은 이런 책이에요!

“아이들이 전래동화 이야기를 완전히 새롭게 만들었어요. 국어시간에 뒷 이야기 바꾸기를 공부하고 나서 우리가 잘 알고 있는 흥부놀부 이야기를 새롭게 창작해 보았답니다.

새로운 이야기도 마음에 들었지만 아이들이 워낙 음악으로 잘 표현해서 동생들이 가장 좋아했던 이야기였습니다. 특히 박타는 장면에 신나는 장구를 이용해서 긴장감을 높여주었던 부분과 마지막에 잘 해결되어 모두가 춤추는 장면에서도 국악기를 이용해서 흥겹게 표현해내었지요. 음악 이야기로서는 가장 완성도가 높았던 이야기였습니다.

게으른 흥부와 착한 놀부

글, 그림 : 강효빈, 김성현, 문윤주, 성재원, 김경민, 조재현
전래동화출판사

옛날에 흥부가 있었습니다. 흥부는 놀부라는 형이 있었는데 흥부는 매일 놀았고 아버지가 돌아가시자 돈을 더 흥청망청 쓰다 결국 놀부 형에게 내쫓깁니다.

슬픈 음악 소리가
어울릴 것 같아요.

놀부
흥부

옛날에 흥부가 있었다. 흥부는 놀부라는 형이 있었
흥부는 매일 놀았고 아버지가 돌아가시자 돈을 더 흥청망청쓰다
결국 놀부형에게 내쫓긴다

며칠 뒤 흥부는 놀부 부인에게 밥을 달라고 하였고, 그러자 놀부는 주걱에 밥을 많이 묻혀 일부러 때리게 하였지요.

빰에 묻은 밥을 맛나게 먹다 날개 다친 제비를 고쳐주었어요. 몇 개월 후 제비가 흥부에게 와서 박을 물어다 주었어요. 흥부는 열심히 박씨를 가꾸었습니다.

몇 개월 뒤, 박은 점점 커져서 흥부의 초가집 지붕 위에 커다랗게 열렸습니다. 흥부네 가족은 박을 타기 시작했습니다.

"슬금슬금 박을 타자!!!"

그때였습니다. 박이 "펑~!" 하고 터지며 박 안에서 금은보화가 쏟아져 나오기 시작했습니다. 신이 난 흥부네는 또 다른 박을 타보니 이번에도 "펑~!" 하며 흥부네는 너무 기뻐서 깔깔깔 껄껄 웃어대었습니다.

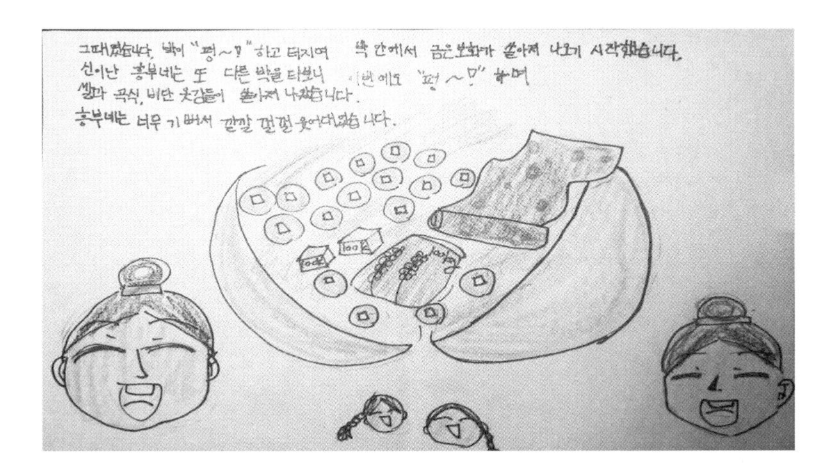

어느 날, 흥부는 제비의 다리를 일부러 부러뜨려 더 많은 재산을 얻으려고 했습니다. 그래서 제비는 한참 뒤에야 다시 날 수 있게 되었습니다. 몇 개월 뒤, 제비는 또 다른 박씨를 물어다 주고 갔습니다. 흥부는 제비가 준 박씨를 가꾸었더니 이번에는 더 많은 박이 주렁주렁 박이 났습니다. 박을 탔더니……

박타는 소리를 실감나게 연주해 봅시다.

그 때였습니다. 박이 "펑~!" 하고 터지며 박 안에서 도깨비들이 쏟아져 나왔습니다. 도깨비들은 도깨비 방망이로 주문을 외웠습니다. "없어져라, 뚝딱!" 갑자기 흥부네 집 모든 재산이 사라지고 말았습니다. 흥부네 가족들은 대성통곡을 하였습니다.

엉엉 우는 소리는 어떻게 표현하면 좋을까요?

흥부는 그제서야 자신의 잘못을 뉘우치며 후회를 하였습니다. 그 때 놀부가 흥부의 소식을 듣고 달려왔습니다. "흥부야, 이제 착하게 살자꾸나." 라고 위로하며 놀부의 집으로 가서 함께 살았다고 합니다. (다함께 춤추며 끝)

끝나는 부분에는 흥겨운 국악기로 표현하면 더 신난답니다.

신 흥부놀부전 표지와 뒷면 모습